新潮文庫

母《おも》　影《かげ》

尾崎世界観著

JN017697

新潮社版

11770

母<ruby>おも</ruby>

影<ruby>かげ</ruby>

となりのベッドで、またお母さんが知らないおじさんをマッサージして直してる。私はいつも通り、空いてる方のベッドで宿題の漢字ドリルをやりながら待ってた。書くより読む方が得意だから、ふりがなを入れる今日の分は調子よく終わった。

このお店はせまいから、探けんしてもつまらない。入ってすぐのところにテーブルと細長いイスがあって、その先にやわらかいカーテンにぐるっとかこまれたベッドが二つならんでる。その向こうにはトイレがあって、その先の行き止まりはタオル置き場だった。ちゃんとたたまれた新品のタオルは山になってて、使って捨てたタオルはカゴの中で川になってた。私はいつも手前のベッドにもぐりこんで、カーテンだけを見てる。私が見てるカーテンはお母さんのベッドとつながってて、ときどきそこにお母さんの影が出るからだ。

とちゅうでお母さんが大きな電気を消しても、ベッドのすみっこにある小さな電気がまだ光ってた。私がいる方のベッドにもその小さな電気があったけど、オニにみつかって連れていかれちゃうからお客さんがいるときはぜったいつけちゃだめっていうのが、お母さんとの約そくだった。だから私はちゃんと約そくをまもって、カーテンの中の影を見てた。

こんなに近くにあるのに、お母さんの影はいつもうすい。私は置いていかれないように、うすい影を目で追いかける。お客のおじさんはデブが多いくせにみんな弱い。デブは体がデカいから強そうなのに、どうしてすぐにこわれるんだろう。私はこんなにも細いのに、まだどこもこわれてない。

「お母さんだって直してあげたいけど、子どもだからまだ直すところがないでしょう。もし悪くなったら、その時はすぐに直してあげるからね」

お母さんはいつもそうやって、お客さんにばかりやさしくした。

お母さんがお客さんにさわると、お客さんはいつも変な声を出した。お母さんがお客さんにぴったり体をくっつけて、上からゆっくりお客さんの体を押した。お客さんが出す変な声によばれて、お母さんの体が、だんだんお客さんの中に入っていくけはいがする。お母さんの息がカーテンの向こうではねた。そのままお母さんとお客さんが一つになってしまいそうで、私はこわくなった。そんな私を心ぱいするみたいに、お客さんが今度はつぶれた悲しい声で、きもちいって息をはいた。

せっかくお母さんが直しても、お客さんはまたすぐこわれた。だからお客さんにはもっとちゃんとしてほしかった。ちゃんと直って、どうかもうここに来ないでほしい。どうしてかわからないけど、お客さんはこわれてるのに、いつもうれしそうだった。ここ。ほらここも。お母さんが悪いところを教えてあげると、うん、ってうれしそうに返事をした。

私にはどうして直すところがないんだろう。足も。手も。お腹《なか》も。頭も。全部ちゃんとしてる。じゃあ、この気持ちはなんだろう。私はこれを直してほしいのに、どこがこわれてるのかちゃんと言えなかった。これは、いったいどこがこわれてるんだろう。もういちど体をたしかめてみた。足も。手も。お腹も。頭も。やっぱりどこもおかしくなかった。

ぴーって音が鳴った。やっと終わった。ふざけてる男子を注意する先生みたいだから、私はこの音が好きだった。お客さんの影がゆっくり起きあがって、大きくのびた。来週の金曜にまた来るよ。そう言った声も、いっしょになってのびた。今直したばかりなのに、お客さんはまたすぐにこわれるつもりだ。それなのにお母さんは、いつもありがとうございますって笑った。

カーテンの下をお客さんの足が通った。私は、さっき入り口で見たお客さんの汚れたクツを思いだした。ほどけたクツヒモはお客さんの足から逃げてるみたいだった。私にはクツヒモの気持ちがよくわかった。ほどけたクツヒモをほったらかしにして自分ばっかり直しに来る、そんなおじさんにはかれてるクツがかわいそうになった。せめてあのクツヒモだけでも、おじさんから逃げてほしかった。

お客さんの足の後ろを、お母さんの足が追いかけていった。私は、お母さんがはいてるクツも思いだした。そのクツのまん中にはいつもキレイなチョウチョがいて、お母さんが歩くたびにひらひら羽が動いた。でも、チョウチョは飛ばなかった。それはきっと、ずっとお母さんのそばにいたいからだ。私はそんなチョウチョが好きだった。私も早くあのチョウチョをむすびたいんだけど、いつまでたってもできなくて悲しかった。もしむすべたら、私はそのチョウチョを大好きになるだろう。チョウチョも私を好きになってくれて、りょうおもいになれたら、いつでもさみしくないのになって思った。

　店のドアがあいて、お客さんは帰っていった。車が道を走る音が、私の右耳と左耳を通りすぎた。自分の腕をかいでみたら、まだ少しだけあまいにおいがした。太陽に焼けた腕のにおいだ。私が今より小さかったころ、お母さんはときどき私の腕を食べた。あまくておいしそう。そう言って学校帰りの私をだきしめたあとで、私の腕をがぶってかんだ。ぜんぜん痛くないし、くすぐったいけどあったかくて、私はそれがとってもうれしかった。ある日の帰り道、自分の腕をかいでみたら本当にあまいにおいがした。お母さんが食べる前にちょっと味見してみようと思って、私はそのあまい腕をなめてみた。でも、その腕はとってもしょっぱくて、私は急に恥ずかしくなった。もし今日もお母さんが腕をかもうとしたらどうしよう。そう思ってこわくなった。

「宿題終わった？」

　お母さんがカーテンのすきまから顔を出して言った。その顔を見てわかった。私が直してほしいのはここだ。やっぱりここがこわれてる。でも、そこがどこかはうまく言えなかった。よし、言おう。そう思ってお母さんの前に行くと、そのときにはなぜかもう直ってた。お母さんがいるからこわれるのに、お母さんがいるから直った。お母さんはそんなことも知らないで、いつも私に、どこも悪くないよって言った。

「学校どうだった？」

やさしい声がさみしい。こんなにやさしい声がずっとそばにいてくれるわけがなかった。この声は、お客さん用の声だ。私はうつぶせになって、まくらに顔を押しつけた。家のまくらとちがって、とてもしずかなにおいがした。

「ちょっとお昼寝する？」

さっきよりもっとやさしかった。無視してもっと強く顔を押しつけたけど、耳が丸出しだから声だけはよく聞こえた。

「パンツ見えてるよ」

がんばって無視してるのに、私の耳はちゃんとお母さんの声を聞いちゃうからこまった。パンツが見えてることよりも、そんな耳の方がよっぽど恥ずかしかった。でも、なぜかおもしろくてしょうがない。こんなに嫌なのに、きつく目をとじてても、今お母さんが私を見てることがうれしくて笑っちゃう。ほらパンツ。おしりをつっつくお母さんの指がくすぐったくて、ベッドにしいてあるタオルの中にもぐりこんだ。こげ茶色のタオルの中で目をあけたら、もうすっかり夜になった。でも茶色くて、本物の夜より弱かった。私はこの弱い夜が好きだ。この茶色い夜の中にいると、いつもだんだんねむたくなった。またお母さんがいなくなる前に、もう寝てしまいたかった。

ドアがあいて、だれかが入ってきた。茶色い夜の中で、私は新しいお客さんの足音を聞いた。それはかたくてつめたいクツの音だった。お母さんのけはいもカーテンの前から消えて、またまじめなお店の空気がもどってきた。ねむたい私は、体を丸めて目をつぶった。

茶色い夜の中で思いだしてる。ほうかご、教室の前のろうかを男子が走ってくる。歯のぬけた目の細いあの子だ。あの子は両足をそろえてジャンプして、私の目の前に着地した。知らない家のせんたく物のにおいがして、息を止めた。

「おい。お前、死ねです」

それからグーで私の肩をぶってきた。痛かったけど、それよりも熱かった。そのグーから私を嫌いな気持ちが直せつ体に入ってきて、嫌いな気持ちが熱いって知った。じゃんけんをしてグーで勝ったとき、なんだかあやまりたくなるのはそのせいかもしれなかった。逃げても追ってきて、死ねですって言ってまたぶたれた。走るたびにランドセルがゆれる音が出るから、本気で逃げてるのに、なんだかふざけてるみたいだった。

「大人が肩たたきしておこづかいもらうのは変だって、オレの母ちゃんが言ってました。オレは子どもだから、肩たたきしておこづかいもらってるんです。お前は、変な家の子です」

歯ぬけの口から声が出て、私をせめた。

「だから、お前ってバカですね」

歯ぬけが笑って、口の中でツバの玉が小さくわれた。最近、こういうことがふえた。これもぜんぶ、こわれたお客さんが自分ばかり直しに来るせいだ。

「ないんだろ。ないならもういいよ」

押しころしたお客さんの声で目がさめた。カーテンの向こうで、起きあがった影が私を見おろしてる。それから大きな熱い息が聞こえて、おこってるんだってわかった。

「ここ、あるんでしょ?」

お母さんは何も言わなかった。おじさんが大きな息をはいた。今度はなんだか悲しそうだった。

「ないの?」

泣きそうな声だ。私にはお客さんが何を探してるのかわからなかったけど、大事な物をなくしたお客さんのことが心ぱいになった。お客さんの影はまだ探してた。きっと、おじさんが探してる物をお母さんがかくしてるにちがいない。

「ないなら帰る。金は払わないから」

そう言って、お客さんはまた息をはいた。私は横向きになって寝ころがったまま、お客さんの影がお洋服を着るのを見てた。やる気のない、のろまな動きだった。私があんなことをしたら、きっとお母さんはおこるはずだ。でも、お母さんはしずかにお客さんを待ってる。カーテンをあけて出ていったお客さんは、出口とは反対のトイレに向かった。そして、らんぼうにあけたドアをらんぼうにしめた。その音が大きくひびいて、カーテンにのこされたお母さんの影がぎゅって小さくなった。おしっこが便器にぶつかる音を聞きながら、私はじっとカーテンを見てた。

お客さんが帰ってもうしずかになったのに、まだ何かがうるさかった。それは私の心ぞうだった。お客さんが帰ったあと、いつも私の心ぞうは速くてうるさい。

「おーい、寝てるの?」

今度はお客さん用の声じゃなくて、家にいるときの声だった。私はうれしくてしようがないのに、そのまま寝たふりをした。

「帰ろう。お母さん着がえてくるね」

私はそれでも目をあけなかった。うるさい心ぞうがお母さんに聞こえないように、じっとだまってた。

お店を出たとき、まだ外は明るかった。手をつないで歩く私たちをよけた自転車がフラフラしてて、なんだか楽しそうだ。目じるしのガソリンスタンドを曲がった。ガソリンスタンドのお兄さんは、いつも大きな声を出して車におこってる。でも、まじめな顔で車のためを思っておこってるのがちゃんとわかるから好きだ。お兄さんにおこられると、車はいつもスピードを落としてゆっくりになった。だから、はんせいしてるのがじゅうぶん伝わってきた。ほんの小さな歩道を、私たちはタテになって歩いた。それでも手をつないでるから、なんだか犬のさんぽみたいだった。はなれたぶんだけつめる。つめたぶんだけはなれる。その横を、向こうから来た車が全速力で走っていった。この車も、あのお兄さんにおこられてはんせいすればいいのに。

それから私たちは、駅につながってる大きな道に出た。まん中には自転車置き場があって、何台も何台も自転車がぎゅうぎゅうにならんでた。それはまるで、自転車のお墓だった。もう走れなそうな自転車のカゴにだけジュースやコーヒーの空きカンが入ってて、それがおそなえ物に見えた。自転車置き場の先はトンネルだ。まっ暗なトンネルの地面はぬれてて、道の横にあいた穴から不気味な音が聞こえた。そこから何かが出てきそうで、私は息を止めた。そうすれば、その苦しさでゆるしてもらえる気がした。トンネルをくぐった先が駅だった。駅前はいつも明るかった。地面にはいろんなゴミが落ちてて、それをよけて歩く人たちの足も楽しそうだ。

「明日からお店じゃなくて、おうちで宿題できる？　できるなら毎日これあげる」

信号が変わるのを待ってるとき、お母さんが百円をくれた。私は百円の大きさとギザギザが一番好きだ。千円は紙だからカサカサしてるし、五百円は重くてにぎるとチクチクする。五十円は穴があいてるし、十円は色が汚かった。信号をわたった先にオモチャ屋があって、店の外に置かれたゲーム機のまわりに人が集まってた。年上の男の子たちはガムをくちゃくちゃしながら、レバーをひっぱったりボタンをたたいたり、すごく楽しそうだ。

「あれ取れそう」

お母さんがクレーンゲームのキカイを指でさした。キカイの中には動物のぬいぐるみがいっぱいだ。よく見ると、ゾウがキリンとライオンとクマの上に立ってた。ゾウのまわりにはだれもいないから、たしかにこれなら取れそうだ。私は手をひらいて、キラキラ光る百円をキカイに入れた。そしたら、急に音楽が流れてキカイが元気になった。しばらくして丸いボタンに明かりがついた。タテのボタンと横のボタンがあって、クレーンは私がそのボタンを押してるあいだだけ動いた。クレーンがちゃんとゾウまでとどくように、私はキリンみたいに首をいっぱいのばした。ボタンをはなしたらクレーンは止まって、手を広げながらゆっくり落ちていった。

私は、ゾウが逃げないようにじっと見はった。ゾウも、その下のキリンもライオンもクマも、クレーンに押しつぶされてぐちゃぐちゃになった。そして、クレーンがゾウをつかんだ。なんだか、いいよかんがした。クレーンは、ゾウの体にしっかりだきついてた。取れそう。私はつぶやいた。お母さんが私の腕をつかんで、うん、って首をふった。もうちょっとだ。クレーンが上がって、ゾウも持ちあがった。取れそう。ゾウが空中にういた。取れる。ノドがはりついて、もう声にならなかった。

それなのに、ゾウは急にバランスをくずした。クレーンの手からこぼれて、後ろにたおれた。クレーンだけが元の場所に帰ってきて、もう動かなくなった。取れなかったゾウは、さっきとはべつの場所で前足を空中にうかせて立ってる。それがってもゾウらしくて、私はやっぱりどうしてもあのゾウがほしくなった。

明日からあのゾウといっしょに宿題をするはずだったのに。私は、くやしくてしょうがなかった。自分が動かしたあのゾウらしいゾウが、他のだれかに取られるのがゆるせない。それに、もし取れた私より、こうして取れなかった私の方が、あのゾウをもっと大事にできそうだった。だから私は、いつまでも取れなかったゾウをあきらめきれなかった。

年上の男の子たちは、まだゲーム機のまわりでさわいでた。それを見て、私は急にお母さんといっしょにいることが恥ずかしくなった。さっきまであんなにいっしょにいたかったのに、となりでぼーっと空を見てるお母さんがなんだかまぬけだった。しばらく考えてから、私は男の子たちの方を向いて地面にツバをはいた。それで大人になった気がして、ちょっと気が楽になった。とうめいなツバは、地面で黒くなってすぐに消えた。あんなにうれしかった百円が、使ったあとはこんなに悲しかった。

「もう帰るよ」

「はーい」

私たちは手をつないで歩いた。街はもう夜になりかけてて、歩いてるのも大人ばかりだった。家までの道で目じるしにしてる電柱には、メガネをかけたおじさんの顔がはりつけてある。お母さんも、ここを通るときはいつもそれを気にしてる。センキョポスターだよって、前にお母さんが教えてくれた。いけやまよしひろは、大人のくせに、ぜんぶひらがなのおかしなおじさんだ。やせてるくせにいけやまよしひろがかっこ悪いのは、頭がハゲてるからだった。デブじゃないのにかっこ悪いのはかわいそうだ。私はお母さんと手をつないだまま、いけやまよしひろの先を曲がった。

その先に、細くて長いアパートの入り口が見えた。カイダンの手前にはポストがあって、あけるといつもひんひんうるさかった。ボロいカイダンは、こげたグラタンみたいな色をしてた。

三階のおくから二番目が私たちの部屋だ。となりの部屋の窓にはびっしり新聞紙がはりつけてあって、むずかしい漢字だらけの窓はいつも不気味だった。小さなげんかんでクツをぬげば、左に一歩で台所、右に一歩でトイレに行けた。まっすぐ歩けばタタミがあって、足でふむといつもぶよぶよした。それはなんだか人間の体みたいで、寝っころがると知らない人とくっついてる感じがした。

私たちは小さなテーブルでご飯を食べて、食器を台所へ運んだ。今日は銭湯に行かない日だから、早く寝なきゃいけない。お母さんがお皿をあらってるあいだに、押し入れから出したふとんを広げた。パジャマに着がえた私に手をふって、お母さんはまたお店に行った。

もう夜だ。台所で歯みがきをして、ふとんにもぐりこんだ。暗いとこわいから、電気とテレビはつけっぱなしにしてる。窓の外はもうまっ暗で、いつもここからが長かった。少しでも夜をへらしたいときは、いつも天井を見た。天井は夜に負けないぐらい明るくて、しばらく見てから目をとじたら、まぶたのうらで小さな花火があがった。

「ないの？」

おじさんが探してた物はちゃんと見つかったかな。いーち、にーい、さーん。音のない花火を見ながら、私は長い夜をかぞえた。

いつのまにか朝になってて、お母さんはまだ横で寝てる。一人で歯みがきをして、一人で着がえた。私はいつも一人ぼっちで学校に行くけど、通学路にはいけやましひろが三人いるから、そのおかげでさみしくない。泣きそうな顔で笑ってるかわいそうないけやましひろを見ると、私はいつも少し元気になった。

教室のまん中に女子たちが集まってる。お金持ちの女子が広げた手のひらを、他の女子たちがのぞきこんでた。お金持ちの女子は、何か買ってもらうといつもそれを学校に持ってきた。

女子たちの集まりは私の机のすぐそばにあった。私は自分の机のイスにすわって、朝の会がはじまるのを待ってた。お金持ちの女子の手には小さなハムスターがいた。

お金持ちの女子は、他の女子たちの手のひらに順番にハムスターを乗せていった。他の女子たちは、自分の番がくると少しくすぐったそうな声で、かわいいと言った。

　お金持ちの女子はそれを見てうれしそうにしてる。ハムスターよりも、よっぽど他の女子たちの方をかわいがってるみたいだ。ぼうっと見てたらお金持ちの女子と目が合って、あんたにはさわらせてあげないってにらまれた。他の女子たちも私を見て、かわいそうって言いながら泣きマネをした。でも私は、他の女子たちの方がよっぽどかわいそうだって思った。

　先生が教室に入ってきて、女子たちの集まりがぱんとわれた。お金持ちの女子は自分の机まで走っていって、その横にかかった体操着ぶくろの中にそっとハムスターを入れた。授業がはじまっても、私はずっとその体操着ぶくろが気になってしょうがなかった。

　次の休み時間、また女子たちの集まりができた。お金持ちの女子は何事もなかったみたいに、体操着ぶくろから出したハムスターを他の女子の手のひらにまた乗せていった。その中の一人が、よく見ると首のところが青くなってるっておどろいた。

「ここ、パパに染めてもらったの。だから名前はアオちゃん」

お金持ちの女子から教えてもらったハムスターの名前を、他の女子たちがいっせいによんだ。

「アオちゃん」

「アオちゃん」

「アオちゃん」

「アオちゃん」

アオちゃんはハムスターの名前なのに、なぜかみんな、お金持ちの女子のことをよんでるみたいだった。

今日の給食はあたりだと、四時間目の終わりに男子がさけんだ。それが合図になって、教室中の机がいっせいに動き出した。白衣を着た給食当番が二人組になって、おたがいの頭に三角きんをむすびあってる。

私は列のいちばん後ろで、おぼんを持ってそれを見てた。少しずつ列が進んで、やっと自分の番がきた。給食当番はもう疲れてて、食べものをよそう手がねむたそうだ。私のおぼんはどんどん重くなった。デザートの場所に、あのお金持ちの女子がいた。

お金持ちの女子は、のこりが少なくなった杏仁豆腐《あんにんどうふ》を見ながら、声を出さずに笑ってた。そして、私のおぼんに杏仁豆腐を乗せて、今度は声を出して笑った。とても嫌なよかんがした。その杏仁豆腐の上に、ちょんと黒い丸がついてた。他の子の杏仁豆腐には赤い丸がついてるのに、私の杏仁豆腐だけが黒い。よく見ると、それはハムスターのウンコだった。

とうめいなカップに入った杏仁豆腐の上で、アオちゃんの黒いウンコはかわいかった。これがウンコじゃなかったらよかった。でもウンコだからちゃんとかわいがってあげれなくて、私はちょっと悲しくなった。

そんな私の顔を見て、お金持ちの女子はまだ笑ってた。

ほうかご、また教室のまん中に女子たちが集まってる。

「ねぇ、あの子っていつも一人じゃない？」

「うん、あの子ってこどくだよね」

「あの子って友だちいないよね」

「あの子ってお父さんもいないんでしょ」

「え？　お父さんいなくても生きていけるの？」

「だってほら。生きてるじゃん」

教室を出る私の背中にそんな声が聞こえた。あの子たちはこわれてるから、あの子たちならお母さんに直してもらえそうだ。私はお母さんに会いたくなって、帰り道を急いで歩いた。


お店の入り口に昨日と同じクツがあった。あのおじさんがまた探しに来てる。ランドセルを外に置いたままにして、息を止めてゆっくりドアをあけた。少し苦しいけど、こうすると音がしない。うるさいランドセルを外に置いてきてよかった。私はそっとカーテンをあけて、手前にあるいつものベッドにもぐりこんだ。

「昨日は悪かったね」

泣きそうな声であやまったお客さんは、それからもよくしゃべった。お母さんがお客さんを押すたびに、お客さんの言葉がちぎれたりふくらんだりした。ちょっと苦しそうなのに、なんだかうれしそうな声だった。どうでもいいんだけどさ。そう言って、お客さんはいろんな話をした。仕事の話、自分の子どもの話、どれもつまらなかったけど、とってもやさしかった。

「これで二回目だけど、やっぱりない？」

おじさんがまた何かを探しはじめた。もし今日みつからなかったら今度は何をするかわからない、さっきまであんなにやさしかったのに、おじさんの声にはそんな強さがあった。

「ありますよ」

大きな電気を消してから、お母さんも何か探しはじめた。お母さんがカーテンのそばまで来ると、カーテンはお母さんの形にふくらんだ。お母さんが何かをみつけて、それから四回、何かを出した。銭湯でシャンプーを出すとき、いつもあんな音がするのを思いだした。だから、聞くとなんだか手のひらがネバネバした。今にも何かがはじまりそうだ。

しばらくして、お客さんの口からお湯の中に入ったときの声が出た。ハダカのおじさんが温泉であんな声を出すのを、こないだテレビで見たばかりだった。

その声はだんだん大きくなっていった。それといっしょに、さっきからずっと嫌な音が聞こえてた。私がさわったら絶対にお母さんがおこりそうな物、それにさわってるような音だ。

私はわかった。二人はカーテンの向こうで恥ずかしいことをしてる。私が今いちばん恥ずかしいのはウンコをすることだけど、きっとそれよりもっと恥ずかしいことだ。でもそれが何かわからないから、耳から無限に恥ずかしいが入ってきた。早くお母さんの恥ずかしいを止めないと、お母さんがお母さんじゃなくなっちゃいそうだ。

「言っていい？」

お客さんの声は苦しそうだ。お客さんがこれから何を言うのかわからなくて、私はドキドキした。でも、お客さんは何も言わなかった。その代わり、ずっと嫌な音だけが聞こえてた。お客さんが大きな息をはいたら、嫌な音も止まった。私はこわくなって、そっとカーテンのすきまから逃げた。

お店のドアをあけるとき、お客さんのクツと目が合った。クツの中はまっ暗で、ただの黒い穴だった。目をつぶってまた息を止めた。そして、ゆっくりドアをあけた。

私は入り口に置いてたランドセルをしょって、大きなマンションに行った。この大きなマンションには学校の同級生が何人か住んでて、前までよく遊びに来てた。だから今でもたまに来て、こうやってヒマつぶしをしてる。カイダンにすわるとおしりがひんやりつめたい。いつもここで、お父さんとお出かけしてる友達が帰ってくるのを待ってた。風がふいて、どこかの部屋から焼けた魚のにおいがした。それをかいだ私は、友達の家ではじめてご飯を食べたときのことを思いだした。

あの日も、私はここで友達を待ってた。夕方ごろ、お父さんとお出かけしてた友達が買ってもらったオモチャをだいて帰ってきて、遊べるって聞いた私に、べつにいいよって答えた。友達のお父さんは、そのとなりでこまった顔をしてた。

「ちょっと、もうこんな時間だからあの子の分も用意しなきゃいけないじゃない」

「仕方ないだろ、いつもそこの階段に座って待ってるんだから」

友達のお父さんとお母さんが、台所で言い合いをしてた。

「ほら、夕飯できたから二人とも手洗っちゃいなさい」

いつも家に入るとすぐ、せんめん所で手をあらってぬれたぞうきんで足をふくのが決まりだった。ボロいぞうきんはザラザラしてて、ふくと足のうらがくすぐったかった。友達のお母さんはせんめん所までついてきてくれて、そこの指も、かかともって細かく教えてくれた。だからあの時、私が手をあらうのはもう二回目だった。

　手をあらってリビングに行ったら、テーブルにたくさんの料理がならんでた。でも、よその家のご飯は汚かった。お店で食べるぜんぜん知らない人のご飯は大丈夫なのに、よその家のちょっとだけ知ってる人のご飯が気持ち悪いのはどうしてだろう。そうやって考えてるあいだも、お皿から出る湯気が顔にあたってかゆかった。

　私は、自分の手とか足みたいに、この料理もあらったりふいたりできたらいいのにって思った。でも、いくらきれい好きな友達のお母さんでも、そんなことをしたらおこるって知ってた。だからがんばって食べた。それからしばらくして、その友達は私と遊んでくれなくなった。

　つめたかったおしりは、もうあったかくなってた。だからあのお客さんも、きっと帰ってるはずだった。私は立ちあがって、お店に向かって歩きだした。

　角を曲がってすぐ、お店の前におばあちゃんの自転車をみつけた。左を向いた前のタイヤが、植木ばちから飛びだした葉っぱにあたってくすぐったそうだ。私はお店の前にしゃがんだ。中を見たら、さっきまでお客さんのクツがあったところに、今はおばあちゃんのクツがあった。ゆっくりドアをあけて中に入った私は、レジの前にある細長いイスに寝ころがって、カーテンの方に首をのばした。

「お客さまにあるかどうかを聞かれた場合は、ちゃんと最後までお願いします。二回目からはある。これを徹底してください」

私は耳をすまして、お母さんの小さな返事を聞いた。

「ただし、こちらから言う必要はありません。あくまで、お客さまがあるかどうかを聞いてきた場合のみ、あります。それと、ありそうでない、これが一番大事ですから。相手が警察かどうかもしっかり見極めて、ちょっとでも危ないと思ったらやらない」

おばあちゃんの話す言葉はカクカクしてるから、ぜんぶカタカナに聞こえるし、聞くといつも耳がムズムズした。

「次のお客さまをお待たせしないように、ちゃんとタイマーを使って時間を計ってください。余計なところを押さないで、ここを一回だけ。あとはもう何も押さない。そうしたら、数字が出るまで待つ。違う。押さない。数字が出るまで待つ。そう。これもう何回目ですか？　ちゃんと覚えてください。お金の計算だってできてないし、これだって毎回言ってますよ。これがまだ続くようなら、こっちも考えますから。いいですね？」

カーテンがあいて、中からおばあちゃんが出てきた。あら来てたの。おばあちゃんはそう言って、私の前を通りすぎた。おばあちゃんが通りすぎると、いつもすっぱいにおいがする。だからおばあちゃんが近くに来ると、私の体もすっぱいときみたいにぎゅってなった。おばあちゃんの口は大きくて、いつもびしょびしょだ。しわしわのくちびるも、ふつうの歯も、金歯も銀歯も、ツバで光ってる。

その捨てたくなるほどボロい口が、勉強しないでこんなところに来てたらダメになっちゃうよって動いた。すごく汚れた声だった。うん。返事をした私の声はまだ新品だった。私は、こんな汚れた声に、ダメになるなんて言われたくなかった。

本当のおばあちゃんじゃないおばあちゃんは、おばあちゃんとしても汚れてた。学校のぞうきんだって汚れたら捨てて新しくするんだから、もうこのおばあちゃんも捨てちゃえばいいのにって私はいつも思ってた。

おばあちゃんがお店から出ていって、ガッチャン、チチチチって自転車を動かす音が聞こえた。その音が遠くなっても、おばあちゃんのすっぱいにおいはまだ消えずにのこってた。

帰り道にお母さんとつないだ手は変だった。雨の中、カサを持ってない方の手はまるで、私がさわったらお母さんがおこりそうな物だった。でもお母さんが自分の手に向かって、そんな物さわっちゃダメっておこるのはもっと変だ。だから、私たちは手をつないだまま歩いた。もう帰ったはずのお客さんがお店の前から私たちを見てる気がして、私は何回も後ろをふりむいた。お母さんはそんなこと気にせず、ぐいぐい歩いた。

手だけじゃなくて、お母さんが変だった。お母さんが変になったのは、お店におじさんがいっぱい来るようになってからだ。前はおばさんだっておばあちゃんだって来てたのに、最近はもうおじさんしか来なくなった。

私はお母さんがわからなかった。お店で何をしてるのかも、今ここで何を考えてるのかも、ぜんぶわからない。でも、私の手はちゃんとお母さんをわかってて、その手から勝手にお母さんの変が入ってきた。私はそれをちゃんと言葉にできないから、お母さんの変で苦しくなる。お母さんの何が変で、私のどこが苦しいのか、それだって言葉にできなかった。

ここが痛い。お店に来るお客さんは、いつもお母さんにはっきり伝えた。そうやってちゃんと言葉にすれば、もうそれより痛くならないんだと思う。だって私が痛いとき、お母さんが痛くないよって言うと、本当に痛くなくなるから。私も早く、そういうことを言葉にできるようになりたかった。

「言っていい？」

あのときのお客さんは何かをガマンしてて、すごく苦しそうだった。前を歩いてるお母さんは、まだ変なままだ。変なまま、ぐいぐい歩いた。

私がまだお母さんをママってよんでたころ、お母さんはただの丸い玉だった。その玉の近くにいるだけでうれしかったし、その玉にさわると安心した。丸い玉はいつも私をまもってくれてて、あのときの私はそれをママってよんでた。だけど私が大きくなるのといっしょに、ママの形もだんだん変わってきた。ただの丸じゃなくなったから、もうそれをママってよぶのはおかしいと思った。だから、私がはじめてお母さんをお母さんってよんだとき、お母さんはやっと今のお母さんの形になった。でも、お母さんがカーテンの向こうでお客さんといるとき、お母さんはもうお母さんの形をしてないのかもしれない。もしそうだったら、私はこれからお母さんをなんてよべばいいんだろう。

そんなことを考えながら歩いてたら、もういけやまよしひろの前だった。いけやまよしひろはカサもささずに笑ってた。いけやまよしひろはバカっぽくて、このまま雨にぬれてもカゼをひかなそうだ。だから、私はいけやまよしひろのことなんか気にせず歩いた。

家に帰ってから、お母さんはあの変な手でご飯をつくった。私は、あの変な手が出す音をじっと聞いてた。大きな車が通ると、テーブルといっしょにテーブルの上のご飯もゆれた。そのご飯をお母さんと食べた。がんばって同じだけ食べてるのに、なぜかお母さんのご飯しかへらなかった。先に食べ終えたお母さんが食器を台所に持っていって、あの変な手であらう音が聞こえた。

今日はいつもよりもっとご飯が嫌だ。なんで毎日ご飯を食べないといけないんだろう。朝。昼。夜。いつもご飯が私のじゃまをする。だから、ご飯をどかさないと前に進めない。お母さんが家を出てからも、私はずっとご飯を食べてた。お茶わんの中でかたくなったお米はねん土みたいで、遊びたくなるのをガマンして口に入れた。

夜中に、いつもとちがう音がして目がさめた。うすく目をあけたら、四角いカゴを持ったお母さんがすぐそこに立ってた。

「起こしてごめんね」

お母さんはカゴの中から何かを出して、私のそばにしゃがんだ。それから私のほっぺたにその何かをくっつけて、ただいまって言った。まるでその何かが言ったって思わせる、アニメみたいな声だった。夜の中でも白いその小さな体が、私のほっぺたでビクビク動いた。

「さっきお客さんがくれたんだよ。これでもうさみしくないね」

暗くてよく見えないのに、そのハムスターの首が青いってわかった。それから目をつぶっても、教室で見たあの青がなかなか消えなかった。かわいいね。ハムスターをカゴにもどしながら、お母さんがささやいた。目をつぶったままうなずいたら、目の中の青もいっしょにゆれた。

それは夢じゃなかった。部屋のすみに置かれたカゴの中で、首が青いハムスターが白い体を丸めて寝てる。ハムスターはなんだか元気がないみたいで、私が学校に行くまでぴくりともしなかった。

私の机のそばで、またみんなが集まってる。まん中にお金持ちの女子がいて、そのまわりには他の女子たちがいた。他の女子のすきまから、お金持ちの女子が手に持ってる丸いものが見えた。

「アオちゃん病気でもうたすからないみたいだから、パパにこれ買ってもらったんだ」

お金持ちの女子は泣きそうな声で、手の中の物を大事そうににぎりしめた。

「かわいそう」

「かわいそう」

「かわいそう」

「かわいそう」

「かわいそう」

かわいそうなのはアオちゃんなのに、なぜかみんな、お金持ちの女子のことをなぐさめてるみたいだ。

でもほら。さっきまでがウソみたいに笑いながら、お金持ちの女子が丸い物体を指で何度か押した。

「これはゲームだから、何回死んでもだいじょうぶ」

丸い物体からゲームの音楽が流れて、他の女子たちも笑顔になった。

「すごーい」

「すごーい」

「すごーい」

「あの子のお母さん、変タイマッサージなんだって」

へ。おどろいた私の口からまぬけな音が出た。どうせまたみんな同じことを言うと思ってたから、私の心ぞうは急に速くなった。最後の子が、私を指でさして笑ってた。あの大きいマンションに住んでる、前までよく遊んでた子だ。

「変タイマッサージ」

「変タイマッサージ」

「変タイマッサージ」

「変タイマッサージ」

「変タイマッサージ」

「変タイマッサージ」

　みんなが私を見て笑った。

　それから学校が終わるまで、数えきれないぐらい変タイマッサージって言われた。最近、私は急いで大人になろうとしてて、それをすごくやめたかった。私がちゃんと子どもでいないと、お母さんがお母さんじゃなくなっちゃいそうだからだ。こんなふうに大人になるのがはじまったのは、お店におじさんばかり来るようになってからだった。

　私は変タイマッサージのタイを漢字で書けないけど、読める。だから、お母さんがお店で何をしてるのかだって、書けないけど読めた。

　ところで、アオちゃんは今ごろどうしてるだろう。気になって気になって、私は帰り道を家まで急いだ。ドアをあけてげんかんでクツをぬいでるとちゅう、アオちゃんのカゴをみつけた。今日の朝まで私が寝てたふとんの、ちょうどまくらのところだ。

　だれもいない部屋の中で、ぶよぶよのタタミをふんだ私の足が鳴った。ちがうよ。アオちゃんがいるよ。だからだれもいない部屋って思ったらダメでしょ。私は心の中で、変な声を出した。こうやって心の中で変な声を出して自分に話しかけたくなるときは、いつもうれしいときだった。

もうすぐアオちゃんにさわれるってドキドキしながら、白いカゴのそばにしゃがんだ。でも、カゴの中のアオちゃんはなんだかおかしかった。アオちゃんはまっ白い体を丸めて、カゴのすみっこでかたまってた。同じようなのがいっぱいならんでても、なぜか自分のランドセルがどれかすぐにわかるのといっしょで、アオちゃんがもう死んでるって私にはわかった。

ねんのため待ってみても、やっぱりアオちゃんは動かなかった。明るいところで見たアオちゃんの体には、ピンクのブツブツがあった。いつまでたっても、やっぱりアオちゃんはぜんぜん動かない。ピンクのブツブツには大きいのと小さいのがあって、まるでゲームのボタンみたいだった。

押したらアオちゃんが動きだしそうでこわいから、その他の、アオちゃんの白い部分を指でつついた。かたくてつめたくて、もっと強くつついてもへいきそうだったけど、かわいそうだからやめてあげた。

私は体操着ぶくろから体操着を出して、アオちゃんのカゴにかぶせた。人が死んだ時にそうしてるのを、前にテレビで見たことがあったからだ。まだちゃんとアオちゃんを好きになる前だったから、そんなに悲しくなくてよかった。なんみょうほうれんげきょう。私は心の中で、また変な声を出してとなえた。

それから家を出て、アオちゃんのことをお母さんに教えるためにお店まで歩いた。道のとちゅう、新しくなったいけやまよしひろのセンキョポスターをみつけた。新しいいけやまよしひろは笑ってなくて、なんだかお父さんみたいにちゃんとした顔でこっちを見てきた。でも私は、雨にぬれてぐちゃぐちゃになったいけやまよしひろの方が好きだと思った。

お店の中をのぞいたら、下にある知らない大人のクツがこっちをジロジロ見てきた。私は目をそらして息を止めた。しずかにお店の中に入って、足音を消しながらいつものベッドにもぐりこんだ。

「やけに大人びたところがあって、その感性には度々驚かされます。しかし、そのせいで子供らしさを失っているとも考えられます。物事を言葉以上の何かでとらえる豊かな想像力を持つことは素晴らしいけれど、もっと子供らしさを出して、同級生と遊んだりすることにも積極的になってほしいです。給食の時間は食べきれず残してしまうことが多いので、好き嫌いなく、何でも食べられるよう努力が必要ですね。これは、以前『あゆみ』にも書いてお伝えしましたが、もしわからないようでしたらもう少し嚙《か》み砕いて説明しますので、遠慮なくおっしゃってください」

カーテンの向こうから聞こえてくる声は、さっき帰りの会で聞いた先生の声にそっくりだった。

「それと最近、ちょっとよくない噂《うわさ》を耳にしたものですから。仮にそれが本当だとしたら、私としても見過ごすわけにはいきません。何か問題が起きているのであれば、まず第一にこちらで食い止めなければならない。なので、こうして出向いた次第です。あまりお仕事の邪魔をするわけにもいきませんので、手短に。こちらは、あるんでしょうか?」

先生にそっくりな声が聞いた。マッサージするお母さんに背中を押されて、その声が大きくふくらんだ。それを聞いた私は、けんばんハーモニカを思いだした。そういえば、ホースの先をかんだときのあのツバのにおいがちょっと好きだ。

「噂が本当であれば、学校としても厳しく対処しなければなりません。いくらあなたがちょっと遅れているからといって、何をしても許されるわけではない。あなたの遅れがどの程度のものであるかも含め、まず第一にしっかり見極めさせていただきたい」

声は早口で、むずかしいことばかりしゃべった。先生はいつも学校で、もっとゆっくり、わかりやすくしゃべるのに。そして、お母さんに向かってあなたはおくれてるって言った。そんなに早口でしゃべったら、だれだってついていけないのに。またお母さんに背中を押されて、ときどき声をふくらませながら、それでも先生はしゃべった。このとき私は、もうあの声が先生だと決めつけてた。

電気が消えて、先生の影はお馬さんになった。お母さんの影は先生のちょっと後ろだ。ちょうど先生を追いかけるみたいに、ぴったりくっついてそのまま動かない。先生の言ったとおり、今お母さんはちょっとおくれてる。先生はもうしゃべらなくなった。そして、またあの音が聞こえてきた。体の中にじかにさわってるみたいな音が、お母さんと先生のまん中から聞こえる。先生はときどき熱そうな息をはくだけで、やっぱりもう何も言わなかった。嫌になって耳をふさいだら、今度は私の体の中がうるさかった。カーテンの向こうの影が、私がまだ読めない漢字に見えた。私は目をつぶった。すごくまっ暗で、すごくしずかで、私の体の中だけがうるさかった。

次に目をあけたとき、二人はもう元にもどってた。

「子供のことをまず第一に考えれば、親としてこんなことをすべきではありません。このことを知った上で来店する客側のモラルの問題もありますが。ご存知の通り、わが校の校長は女性です。校長は、早くから男女平等に目を向けてきました。まず第一に、男子は女子に敬語を使う。これを徹底しています。自分の母親をはじめ、女性というものに対する男子の甘えが女子を傷つけかねない。未熟な彼らは、相手が女性というだけですぐに許されようとしてしまう。彼らにとっては、暴言も、いわば許しのテストなんです。肉親ならまだしも、相手はクラスメイトですから。そんなこと許されるわけがない。そこで校長が選んだのが敬語です。子供が子供に敬語を使うなんて、確かに異常です。でも、真の男女平等を目指す上で、そこまでしないと元に戻せないほどの捻《ねじ》れを感じているんです。だからこそ、あなたがしていることは見過ごせません。あなたがしていることは、捻れそのものです」

先生の影は、疲れた声でゆっくりしゃべった。立ちあがってかたづけをしてるお母さんの影は、もうおくれてなかった。お母さんの手が出すかたづけの音は、ときどき先生の声を消した。先生の影はそのたびに声を大きくして、今度は先生の影がお母さんを追いかけてるみたいだ。

「児童の母親から、学校に苦情が届いています。自分の旦那《だんな》がこのお店を利用している手前、なかなか声を大にして言いづらいものがあるのでしょう。しかし、その声は決して少なくはありません。とにかく、子供の為《ため》にも今すぐやめていただきたい。ただ、その前にお金の問題があると思います。やはりそこは、あなたの遅れが鍵《かぎ》になってくるのではないでしょうか。使えるものは使いましょう。しっかり申請をすれば、それ相応の支援を受けることだってできるはずです。また伺いますので、次からは具体的な話をしていきましょう。こちらでも、できる限りの準備を進めてまいります」

先生の影は、またどんどん早口になっていった。その声に上着を着たりズボンをはいたりする音が重なって、声もお洋服を着てるみたいだ。ぴーって音が鳴って、先生の影が立ち上がった。

「ありがとうございました」

お母さんが先生を追い出した。それからイライラした足音でこっちに来て、カーテンをあけた。

「ハムスター死んじゃった」

こわい顔をしてるお母さんに、アオちゃんのことを教えた。お母さんはびっくりして、顔のまん中に集めてたまゆ毛と口を、ぱっと元にもどした。それから思いだしたように、勝手にお店に入ったらダメって私を注意した。

家に帰るまでのお母さんは速くて、私はついていくのが大変だった。さっき先生におくれてるって言われたのを気にしてるのかもしれない。私はそんなお母さんに置いていかれないように、急いで変わりかけの信号をわたった。

お母さんはカゴの前にしゃがんで、私がかぶせた体操着をめくった。それからアオちゃんをカゴの外に出した。お母さんの手の中でも、やっぱりアオちゃんは動かなかった。

「マッサージしたら直る？」

私が聞いても何も答えてくれないお母さんが、ティッシュを何枚も取って、その上にやさしくアオちゃんを乗せた。アオちゃんはティッシュの白といっしょになって、もうのこりは首の青とピンクのブツブツだけになった。

「アイス買ってきて。棒のやつだよ。食べてもいいけど、お墓に使うやつだからね」

元気よくはーいって答えて、コンビニに向かった。もらった百円を落とさないように、強くにぎって歩いた。外は小さい雨がふってて、風がなまぬるい。水のにおいをすいながら、あったかい雨が体にくっつくのが楽しかった。

コンビニに入ってすぐ左がアイス売り場だ。でっぱりをつかんで上に向かって押しても、ガラスのフタはなかなか動かなかった。何回も何回も押して、やっとぱっくりひらいた。中はこごえそうな冬だ。アイスの上だけじゃなくて、その周りのカベにも氷がつもってる。手でさわるとちゃんとつめたくて、指でつぶしたら水になった。左のおくに棒のアイスをみつけて、その中からあたりのアイスを探した。自分のランドセルを探すときはあんなにつまらないのに、こうやってあたりのアイスを探すときはすごくおもしろかった。ずっとさわってたせいで痛くなって、私はアイスから手をはなした。手が元にもどるまでのあいだ、こごえそうな冬の中に頭をつっこんで、つめたい空気をぱくぱく食べた。

やっと決めた一つを持って、レジでお会計をした。帰り道は、おつりといっしょにもらったレシートをぬれたほっぺたにくっつけて歩いた。あったかくてくすぐったくて、私はちょっと笑った。

あ。お母さんが声を出した。よく見ると、棒のまん中に文字が書いてある。あたり。声に出して読んだら、口からソーダ味の息が出た。あんなにちゃんとえらんだのに、私はもうすっかり、あたりのことをわすれてた。だから、なおさらラッキーだった。

これは使えないからもう一本新しいのもらってきて。いっしょによろこんでくれると思ったのに、お母さんはがっかりしてる。私はそれがどうしてかわからなくて、ソーダ味の息が恥ずかしくて、口をとじたまま、またコンビニに向かった。

もう雨はやんでて、行きも帰りもつまらなかった。はずれ。アイスを口に入れたお母さんが、そう言って私の顔の前で何も書いてない二本目の棒をくるくる回した。表とうらが変わるたびに、棒からソーダ味のあまい風がふいた。お母さんはつめたそうにまだ口をとがらせてる。二回も行ったり来たりして、私はもう疲れた。テーブルの上の丸まったティッシュを見て、その中のアオちゃんをちょっとうらんだ。アオちゃんのバーカって思いながら、お母さんが棒をあらい終わるのをタタミに寝ころがって待った。

お母さんはゆっくり棒をあらった。はずれのくせにキレイにしてもらえる棒は運がいいよね。私はまた心の中で変な声を出した。

これで家を出るのは三回目だ。せっかくお母さんと歩いてるのに、ぜんぜんうれしくなかった。さっきと同じ場所をふむのは足あとがもったいないから、道のはじっこばかり歩いた。

公園の土に、さっきまでふってた雨のにおいがまざってる。スコップに集まった土は、さわるとあったかい。できあがった穴にアオちゃんを置いて、その上からスコップで土をかけた。穴は元通りになって、アオちゃんも見えなくなった。せっかくあんなに白かったのに、黒くなるのがもったいないな。それが私の感想だった。銭湯もそうだ。せっかくかわいてるのに、またぬれるのがもったいない。せっかくぬれてるのに、またかわくのがもったいない。せっかくキレイにしたのに、また汚れるのがもったいない。だから、銭湯に入るといつも疲れた。そうやって考えてるうちにもう、アオちゃんが黒くなったことより、せっかくあいた穴が元通りになったことがもったいなくなってた。死ぬのは命がもったいない。生きるのも命がもったいない。でも、土の上に立てたアイスのはずれ棒はぜんぜんもったいなくない。やっともったいないが止まって、私は安心した。

アオちゃんをうめた帰り、私たちは銭湯によった。入り口でお金をはらって、ロッカーの前でハダカになった。お母さんは、ぬいだお洋服と私たちの着がえが入ったカバンをロッカーに入れた。私の足元で、知らない人の髪の毛がヘビみたいに丸まってる。それをふまないように、つま先立ちになってパンツをぬいだ。横でお洋服をぬいでる知らないおばあちゃんのハダカは、シワシワでヨボヨボで、とてもボロかった。くり返しくり返し使った、もう捨てた方がいいハダカだ。そのハダカが体のあちこちでお肉をゆらしながら、ドアの向こうに消えた。

ドアがしまったら、さっきまであんなにうるさかったのに、ロッカーのまわりはまたしずかになった。体重計の横で、せんぷう機が首をふってる。ほら行くよ。手首にカギをつけたお母さんがどんどん遠くなっていって、私は急いであとを追った。

お母さんがドアをあけた。中は熱くて、ジゴクの入り口みたいだ。音がぬれてるから、聞いてると耳もびしょびしょになった。どこを見ても、知らないハダカばかりだった。湯気であまり前が見えないけど、ぜったいにまちがえたくなくて、私はお母さんのおしりのホクロだけを見て歩いた。

　こんなにいるのに人間はだれもしゃべってなくて、ぬれた音だけがそこにわんわんひびいた。体をあらう場所を探したけど、もうどこも知らないハダカで先にうまってた。あいかわらずだまったままの人間の代わりに、水が元気におしゃべりをしてた。

　ふり向くと、さっきまでそこで体をあらってた若い女の人が、ぎゅっと水を止めて立ちあがるところだった。私はお母さんの手を引っぱって、そのことを教えた。それから頭と体をあらってもらうため、きいろいプラスチックのイスにすわったお母さんの足と足の間に、体育ずわりの形でおさまった。

　お母さんは私にお湯をかけて、シャンプーで頭をあらってくれた。お母さんの手がシャンプーの入れものを押すと、お店でお客さんが探してる物をみつけてあげるときの音がした。私は目をつぶって、その音を思いだしてた。私の頭の上でお母さんの手が動くと、顔にシャンプーのアワが落ちてきてむずむずする。お母さんの手はしばらく動いたあと、今度はやさしくアワを流してくれた。だから、いつもお店で変なことをしてても、こんなにいっしょうけんめいあらってくれるなら、そんなに悪い手じゃない気がした。

次は体の番だ。お母さんがギザギザのタオルで石けんをこすったら、うすピンク色をしたタオルはだんだん白くなっていった。それを見てるだけで、もう体の表面がチクチク痛くなった。アワだらけのタオルをにぎったお母さんが私の体をこする。ギザギザのタオルが首の下から足の先まで、右に行ったり左に行ったりした。でも、おしっこが出るところだけは、いつも私が自分でこすることになってた。アワだらけになった体で、そこだけがショートケーキのイチゴみたいに目立ってた。私はそこを、ちょんちょんとこすった。

熱いお湯が私の体を流れるとき、やっぱり水の声が聞こえた。体がヒリヒリして、水が大声で何かをさけんでるみたいだった。次はお母さんの番だ。お湯をかぶってぬれた髪の毛が、お母さんの顔にべったりとすいついた。まるで髪の毛が生きてるみたいだ。私はその髪の毛が頭から逃げださないように見はりながら、お母さんが目をあけるのを待った。ぜんぶあらい終わって用意ができたら、これでやっとジゴク行きだ。

私たちがどいたあと、その場所にべつの親子がすわった。その子どもの方には見おぼえがあった。女の子みたいだけど、どこかがおかしい。湯気の中をよく見ると、それは同じクラスの男子だった。ここは女湯なのに、どうして男子がいるんだろう。恥ずかしそうに下を向いてるその男子は、お前、死ねですって言って私の肩をぶったあの子だった。

熱さのせいで、私はあのときの嫌いな気持ちをまた思いだした。男子のお母さんはデブだ。私は女のデブをはじめてちゃんと見てドキドキした。男子のお母さんは大きなおっぱいをゆらしながら、すごい速さで、どんどん男子の体をあらっていく。水の声もうるさくて、なんだかどなってるみたいだ。私はジゴクに入ることもわすれて、男子の体ばかりをぼうっと見てた。とつぜん、男子のお母さんが何かを取り出した。男子のお腹の下に手を入れてひっぱったら、中から今までそこになかったはずの物が出てきて、私はびっくりした。男子のお母さんはそれをサッとあらって、またお腹の下にもどした。男子が恥ずかしそうにしてるから、私はそれがよくない物だってわかった。

「こっちおいで」

先にジゴクに入ってたお母さんによばれて、足の先から肩まで、順番にゆっくりお湯に入れていった。体が熱くて、かゆくて、私はそれをガマンしながら水のにおいをかいだ。においは熱くて、強くすうと鼻のおくがピリピリする。

ジゴクの中は水の声がしずかだ。ぽたぽたとないしょ話をしながら、だれかが立ちあがって出るときだけザーッと大声を出した。それが終わるとまた、ぽたぽたと小さな声がするだけだ。

私の体はお湯の中でふわふわして、思い通りにお母さんのところへ行けなかった。お湯の中の人たちはみんなむずかしい顔をして、ゆるしてもらえるのをじっと待ってる。じゃあ私は今日、何をゆるしてもらうんだろう。私から少しはなれたところで、やっぱりお母さんもむずかしい顔をしてる。私は、さっき勝手にお店に入ったことをゆるしてもらおうって決めて、がんばってむずかしい顔をした。

なんだか急に、さっき男子のお腹の下から出てきたあの何かにイライラしてきた。きっと私は、見ちゃいけないものを見た。だからそのせいで、何かと何かが今つながりそうになってる。そしてもしそれがつながったら、お母さんとはなればなれになる気がした。

息を止めて上を見たら、広い天井とカベのあいだにすきまがあいてて、その向こうからもっとはげしい水の音が聞こえる。さっきの男子が、お母さんといっしょにこっちへ歩いてきた。お腹の下にまだ何かかくしながら、足を内がわに折りまげたあやしい歩き方でこっちに近づいてくる。またあの何かが出てきそうで、私はきんちょうしながらそれを見てた。

「こらっ、普通に歩きな」

お母さんにおこられても男子がその歩き方をやめないのは、ここに私がいることに気づいてるからだ。男子はお湯に入る前からもう顔をまっ赤にして、あやしい歩き方をやめなかった。そしてお湯に体を入れるときも、お腹の下に何かをかくしたままだった。

「まだこんなこと気にする歳《とし》じゃないのに、まったく生意気なんだから」

男子のお母さんが笑って、お湯の中の人たちも笑った。男らしくないぞ。お湯の中の一人がそう言って、またみんなが笑った。

私から少しはなれた場所でまっ赤な顔をして、男子は自分がゆるされるのをじっと待ってる。お湯から出るとき、私も何かをかくさなきゃいけないと思った。でも、おしっこを出す場所はただの穴だから、べつに恥ずかしくない。だから何もかくすものがなくて、それが恥ずかしかった。

私とお母さんが立ちあがったとき、水がまた大きな声を出した。うるさい。こんなときぐらいしずかにしてほしかった。ドアをあけると、そこは明るくてすずしくて、まるで天国だった。歩いてロッカーまで行くとき、せっかくキレイにした足がもう汚れた。ぬれた床で丸まった髪の毛のヘビをふまないように、私はつま先で歩いた。

ロッカーの前で、知らないおばあちゃんがパンツをはいてた。長くのびたおっぱいは、学校の水道のじゃ口にぶら下がった石けんみたいだ。シワシワでヨボヨボで、私だったらもう捨てるって思った。その横で新しくお洋服をぬいだ女の人が、ドアをあけてジゴクの方へ歩いていった。色のついたお花の絵がかいてある、とても元気な背中だった。でも、あらったらせっかくかいた絵が消えないか心ぱいになった。

私はいつものお洋服を着て、せんめん台に行った。お母さんはカガミの中の自分を見ながら、ドライヤーで髪をかわかした。次は私の番だったけど、まだ背が小さいからカガミの中の自分が見えなかった。ドライヤーの熱い風に髪の毛がふきとばされて、私の顔にひえた先っちょがチクチクささる。それがくすぐったくて、目をつぶって、ぶんって首をふった。何回かそれをくり返すうちに、髪の毛はだんだんかわいていった。

外はもうまっ暗になってた。ただ立ってるだけで、体が黒く汚れてしまいそうな夜だった。まだ熱い私の体を、風がふいてふーふーさました。それは何かが私を食べようとしてるみたいで、私はまっ暗な夜の中にいる何かをきょろきょろ探した。お母さんの手はすべすべしてて、にぎってもにぎっても私の手から出ていこうとした。私はやっと両手でつかんで、もうお母さんの手をはなさないように歩いた。

家に着いたとたん、急にねむたくなった。疲れた、って言った自分の声を聞いてびっくりした。今、気持ちと言葉がつながったからだ。アオちゃんが死んでから今こうして家に帰ってくるまで、ずっと私の中にあった気持ちが、ちゃんと言葉になってしまった。ちがう、元気だよってごまかしても、もう意味がなかった。そんなのからっぽの言葉で、国語の教科書を読んだときと同じただの音だ。こんなことになったのも、ぜんぶアオちゃんのせいだ。それから、疲れた体をふとんの中に入れた。目をとじて、体を小さく丸めた。遠くでお母さんのいってきますが聞こえたけど、私はいってらっしゃいも言えずに寝た。

起きたら朝で、今日はお休みの日だ。それなのにバサバサうるさい。むりやり起こされた私は、お母さんがちぢんだせんたく物を広げる音をにらんだ。ほされたお洋服は、そんなのおかまいなしに窓の下でぶらぶらしてた。そこに太陽があたって、水っぽい石けんのにおいがした。

私は、だれかがつけっぱなしにしたテレビの音を聞くのが好きだ。だれも見てないテレビの音はだれかが見てるテレビの音より意味がなくて、聞いてるといつも心が落ちついた。

つけっぱなしのテレビの中では、三人の大人がお店だらけの元気な道を歩いてた。楽しそうにおしゃべりしながら進む細長い道は、右にも左にも人がいっぱいだ。おまんじゅうを買って食べたり、しぼりたてのオレンジジュースを飲んだり、みんなうれしそうにしてる。

三人は、外にたくさんテーブルが出てるお店の前で立ち止まった。高いテーブルのまわりに顔をまっ赤にしたおじさんたちが立ってて、棒についたお肉を食べながら大きな口をあけてあーって笑った。ちょっとお父さん、昼からこんなの最高じゃない。三人がおじさんたちの中の一人に声をかけて、ガラスのコップに入ったとうめいな飲み物を指でさした。うなずいたおじさんは、顔のあたりまで持ち上げたそのコップに口をつけた。大きな息をはいてコップを置いたおじさんの顔が、さっきよりまた赤くなった気がする。とうめいな飲み物を飲んでるのに顔が赤くなるなんて、理科のじっけんみたいでおもしろかった。

ぼうっとしてる私の前に、お母さんが朝ご飯のクリームパンを置いた。五個入りのクリームパンはのこり三個になってて、今日もその中から二つを食べなきゃいけなかった。ちょうどよかったと、私は立ちあがった。テレビの中のおじさんのマネをして、大きな口をあけてあーって笑った。高いところから、いつもとちがうけしきが見えた。きたいをこめて、クリームパンをひとくちかじった。あまいクリームが口の中でつめたかった。歯形がついたあたりから、にゅっとクリームが出てきた。口の中でふくらむパンをごくごく飲みこんだ。またひとくち。あとふたくち。やっと一個食べ終わった。苦しくなって、胸をたたいた。もう無理しなくていいよ。お母さんがそう言ってくれたらどんなに楽だろう。心ぞうが止まるくらい強く左胸をたたいても、クリームパンはなかなか落ちていってくれなかった。

CMが終わって、テレビの中の三人はまた歩き出した。時間だけがどんどんすぎていった。私はもう一個のクリームパンをかじった。かんでもかんでもなくならないクリームパンが、口の中でうるさかった。私はほっぺたをふくらませながら、口に入ってたらもうこれ以上は入れなくていいから、ずっとこのままでもいいって思った。あまいツバがどんどん出てきて、口からこぼれそうだった。

「今から、おでかけしようか」

お母さんがそんなことを言うから、私はびっくりしてクリームパンを飲みこんだ。ドロドロになったかたまりが、お腹《なか》の中に落ちていくのがわかった。私はまた左胸をたたきながら、うんって返事をした。

テレビを消して着がえをしたあと、お母さんが髪をむすんでくれた。お母さんの指の力がヘアゴムから伝わってきて頭がチクチクした。糸電話みたいに、お母さんの指と私の髪が通じ合ってた。私の髪がヘアゴムのわっかをくぐるたびに、お母さんの指はすばやく動いた。私はその力に、右に左にふりまわされた。それがおもしろくてちょっと笑った。いつもとはちがう、おでかけ用の髪で家を出た。風がふくと首がスースーするし、太陽がおでこにあたってまぶしかった。

さっき見てたテレビの中の三人みたいに、お母さんの横にならんで歩いた。今日はお母さんの手のツメが赤くて、なんだか私まで強くなった気がした。さわってその赤が消えたりしたら大変だから、手をつなぐのもガマンした。自転車置き場の水たまりにうかんだゴミが太陽の下でキラキラ光ってた。お母さんのツメの赤だって、それに負けないくらい光ってた。

駅にはおおぜいの人がいた。きっぷ売り場で、お母さんは上を見て背のびをした。いくつもならんだ数字の前で、すごくこまってた。そしたらぴーって嫌な音がして、さっき入れたお金がもどってきた。お母さんはまたお金を入れて背のびをした。またお金がもどってきたとき、後ろのおじさんが嫌な声を出した。しばらくしたら駅の人が走ってきて、ちゃんときっぷを買って私にも一枚くれた。でも私は、そのきっぷをお母さんからもらいたかった。

お母さんは駅のまん中を指でさして、カイサツキだよって教えてくれた。いくつもならんだカイサツキにきっぷを入れて、おおぜいの人が出たり入ったりしてた。

いいよ。お母さんの合図で、私はカイサツキにきっぷを入れた。カイサツキはあっというまにそれをすいこんで、あっというまに出した。ほら。お母さんにとんと背中をたたかれて、走ってきっぷを取りにいった。きっぷはまだちょっとあったかくて、指でつまんでよく見ると、はじっこに小さく丸い穴があいてた。私はだれにもみつからないように、その穴を指でふさいだ。

お母さんが入れたきっぷも、カイサツキがあっというまにすいこんで出した。おおぜいの人の流れに押されてカイダンを上がった。私の前には何本も足があった。どんなに顔をあげても、平べったくて知らない大人の背中が見えるだけだった。知らない大人はいつもガムを食べてる。ガムを食べてる大人の口は、トイレのにおいがした。私はお母さんのスカートをにぎりしめて、お母さんの足がどこにも行かないようにした。

カイダンを上がりきった先には、まっすぐつづく長い道があった。そこから見ると、いつも空の近くにあるビルのてっぺんが、今は私の目の前にあった。葉っぱのあいだから見える地面を歩く人たちを、ただぼうっと目で追いかけた。

きいろい線の先に石だらけの大きな穴ぼこがあって、その中を二本の線が見えなくなるまでのびてる。来るよ。お母さんが見てる遠くの方から、電車の顔がぬっと出てきた。電車はどんどん近づいてきて、キャーッてさけびながらだんだんスピードを落としていった。その声がうるさいからか、電線に止まってた鳥もどこかに飛んでいった。私はきいろい線のうちがわで、電車が止まるのを待った。ドアがあいて、私たちは電車のおしりに乗った。

「ここ、穴あいちゃった」

きっぷを見せながら泣きそうな顔の私を、お母さんは笑った。

「ほら」

お母さんは私と同じ穴があいた自分のきっぷを見せて、これはちゃんと通りましたっていうしるしなんだよって教えてくれた。やっと安心した私は、きっぷを目にくっつけてその穴をのぞきこんだ。小さな穴から、グラグラゆれる電車の床が見えた。顔を動かしながら、その穴の中に私とお母さんの足をみつけた。おでかけ用のクツはかかとが高いからお母さんの足がすべり台で、その横でグラグラゆれてる私の足はブランコだった。

窓の外をたくさんの家が通りすぎていった。土手の向こうの大きな橋を、ミニカーみたいな車が走っていった。さっきまであんなに晴れてたのに、急にくもった空がもう太陽をしまおうとしてた。私はグラグラゆれながら、鉄の棒につかまってそれを見てた。電車は次の駅に止まるために、だんだんスピードを落とした。体が向こうがわへ引っぱられて、私は鉄の棒をもっと強くにぎった。電車が止まって、オナラみたいな音といっしょにドアがあいた。

二人おりて、また新しく三人乗ってきた。だからぜんぶで一人ふえて、電車はまた動き出した。次の駅では四人がおりて、また新しく二人が乗ってきた。それは算数の問題みたいで、ちょっと楽しかった。

とつぜんまっ暗になって、窓の外が消えた。おどろいた私の顔だけが窓ガラスにうつってた。お母さんが私の耳に口をつけて、トンネルってささやいた。そのしゅんかん、それが何かのじゅもんだったみたいに、また窓の外がもどってきた。でも安心した私の前から、またすぐに窓の外が消えた。トンネルの中で、電車はゆっくりとスピードを落とした。じゅもんみたいに、何度もトンネルって言ってみたけど、今度はなかなか光が入ってこない。電車が止まっても、窓の外はまっ暗なままだった。

窓にうつった私の顔の向こうに、まっ黒なカベが見えた。窓にうつった私が、カべの向こうを見てる。そのカベには大きな動物の形をしたシミが広がってて、それはキリンにも、ゾウにも見えた。カベのシミは私の頭の中で自由に形を変えた。だんだん目がなれてきて、窓の向こうもはっきりしてくる。カベのおくにもまだ何かがあるみたいだけど、もうこれ以上は知りたくなかった。こわくて逃げたいのに、私は窓からずっと目がはなせなかった。ドアのすきまから今にも外の暗さが入ってきそうだ。カベのシミはだんだんと人の形になっていって、強くにぎった鉄の棒が手の中でヌルヌルした。

「昔ここにも駅があったんだって。だから今でもこうやってここに止まるみたい」

お母さんが私にそう教えるのを待ってたみたいに、電車はまた動きだした。窓の向こうのカベにはまだ人のシミがあって、どんどんスピードをあげていく電車をそこからじっと見てた。カベの向こうには古いイスがならんでて、横のドアに何かの紙がはってあった。その先で急に光が入ってきて、目の中がまっ白になった。

「もう次の駅だからね」

まぶしくて目をつぶった私の頭をぽんぽんしながら、お母さんがまた教えてくれた。

その駅はとても大きくて、私たちの他にもおおぜいの人がおりた。私は手をのばして、またお母さんのスカートをつかんだ。さっきまでずっと鉄の棒をつかんでたせいで、手からは鉄のにおいがした。

カイダンを上がった先にまたカイサツキが見えたとき、やっときっぷのことを思いだした。でもさっきまできっぷを持ってたはずの手は、今はもうお母さんのスカートをつかんでた。私はきっぷをなくした。カイサツキにきっぷを入れた人たちが出ていって、私の番がどんどん近づいてきた。早くきっぷをみつけないと、お母さんとはなればなれになるかもしれない。前にはあんなにおおぜいの人がいたのに、もう私の番だ。カイサツキの前に立ったとき、わけがわからなくなってお母さんのスカートにもぐりこんだ。

お母さんと一つになれば、カイサツキを通してもらえるかもしれない。お母さんのスカートの向こうで、たくさんの人のけはいがした。何やってるの。早く出ておいで。ほら。お母さんもあわてたようすで、スカートの中の私に早口で話しかけてきた。スカートの向こうから聞こえるお母さんの声だけに耳をすました。そのあいだにも、知らない人のけはいはどんどんふえていって、それがすごくうるさかった。

どうしたの。ほら。ねえ。お母さんの声はどんどん細くなっていった。

「きっぷなくしちゃった」

泣きそうな声がスカートにひびいたしゅんかん、お母さんの手が中に入ってきた。うす暗いスカートの中でも赤いツメはやっぱりキレイで、その手からきっぷがちょこんとはみ出てた。

「あるよ。ちゃんとお母さんがひろって、持っといたんだよ」

やっとスカートから出てきた私を見て、お母さんはまわりの人たちに小さく何度も頭をさげた。カイサツキを通ったら、入れたきっぷはもう返ってこなかった。ひらいた手は汗をかいてて、まだ鉄のにおいがした。

駅前にはいろんなお店がならんでて、お母さんがその中にあるソフトクリームの置物を指でさした。遠くから見たらあんなにまっ白だったのに、近くで見た置物は黒く汚れてた。窓から顔を出したお店のおじさんに、お母さんがお金をわたした。お店のおじさんがソフトクリームを作ってるあいだ、私はおじさんがソフトクリームを汚さないか心ぱいだった。それなのに、私はいつのまにか作りかけのタコヤキの方を見ちゃってて、気づいたらもうソフトクリームはできてた。うけ取ってすぐ、どこか汚れてないか調べたけど、ソフトクリームはちゃんとまっ白だった。おじさんは首にまいてある汚れたタオルで自分の顔をふいてから、作りかけのタコヤキを棒でカチャカチャした。私はソフトクリームが好きだ。待ってればすぐにとけるから、食べるのもかんたんだった。

お店の前のベンチで足をぶらぶらしながら、ソフトクリームをなめた。ぐるぐるはたったひとくちで消えて、どんどん小さくなっていった。私がご飯のときにいつも感じてる苦しさのぜんぶを、弱いソフトクリームにぶつけた。そのせいで頭がキーンってしたけど、とても楽しかった。

白いアイスがなくなって、次に手に持ってる味のないところをかんだ。味はつまらなかったけど、かむたびに鳴る音がおもしろかった。かんでるうちに中からのこりのアイスが出てきて、白い線が私の指にたれた。それを見て、泣くなソフトクリームって、心の中でまた変な声が出た。

ぜんぶ食べきったら、最後は紙だけになった。せっかくぜんぶ食べたんだから、私は何かしょうこをのこしたくて、先が細くとんがったその紙をこのまま捨てるのはもったいないと思った。私はちょっといいことを思いついて、とけたソフトクリームでにちゃにちゃする指にその紙をかぶせた。サイズが合わなくてブカブカだし、きれいな赤じゃないけど、お母さんはかわいいツメだねってほめてくれた。

　大きな道をたくさんの車が走ってて、私の横をびゅんびゅん通りすぎた。私の住んでるところは夜しかキラキラしてないのに、ここはまだお昼でもキラキラしてた。太陽に負けないぐらい、道のいろんなところが明るかった。どのお店からも音楽が流れてるから、耳がふたつじゃ足りない。私は、指につけたツメが風にとばされないように気をつけながら、ぐるぐる首をまわしていろんな音楽を聞いた。とっても大きなオモチャ屋さんの前に、何台もガチャガチャがならんでるのをみつけた。あれにお金を入れてまわすと中からオモチャが入ったカプセルが出てくることを知ってて、前からずっとやってみたかった。

「やる？」

　ガチャガチャの前で立ち止まった私は、少し考えてからお母さんに首をふった。ガチャガチャの上に置いてあるカゴをみつけたからだ。私は、カゴの中に入ってる空のカプセルがほしくなった。そのことを伝えたとき、お母さんのキゲンが悪くなった。お金ならあるよって言ったきりだまりこんで、なんだかお母さんの方が子どもみたいだ。

私はまた首をふって、ガチャガチャの方へ歩いていった。カゴには、ご自由にお持ちくださいって書かれた紙がくっついてた。私はその中から赤いカプセルをつかんで、お母さんのところへ持っていってあけてもらった。カプセルの中に指から外した紙のツメを入れて、またしめた。ふると、カプセルの中からしずかに音がした。するととつぜん、お母さんは私からカプセルを取りあげて、またあけた。おこったお母さんに、紙のツメを捨てられるって思った。だけどお母さんは、じゃあこれでまた今度やろうねって、カプセルの中に百円を入れてくれた。

カプセルをふると、百円が返事をした。私は楽しくなって、くり返しくり返しカプセルをふった。お母さんもそれを見て笑ってくれた。でも次にカプセルを見たとき、重たい百円のせいでいっしょに入ってた紙のツメがつぶれてた。せっかく笑ったお母さんがそのことに気づく前に、私はまたカプセルをふった。あんなに楽しかった百円の音が、今はもうなんだかすごく不気味だ。

私が歩くたびに、丸くふくらんだポケットの中で百円が鳴る。できるだけ小さく歩いてみても、できるだけ小さく鳴るからこまった。

「じゃあ、ここでなんか買ってあげる」

そう言ってお母さんが入っていったのは、お洋服を売ってるお店だった。はじめてそんなことを言われたからどうしていいかわからなくて、私は聞こえないふりをした。お洋服は外まであふれてて、お母さんはその中にどんどん飲みこまれていった。私はしょうがなく、ぎゅうぎゅうにならんだお洋服とお洋服のあいだをすりぬけてお母さんを追いかけた。

いらっしゃいませ。その声がどこから聞こえてくるのか、背の低い私には見えなかった。進んでも進んでも、ただお洋服があるだけだ。それをかき分けて、細い道を進んだ。ざらざらしてるの、すべすべしてるの、いろんなお洋服が私にからまってきた。待って。小さい私の声を、お母さんは聞いてくれなかった。歩いても歩いてもお洋服が追いかけてくるから、だんだんめんどくさくなってきた。それでもどうにか、お洋服の中を進んだり曲がったりした。もしかしたら私は、お母さんを探してるんじゃなくて、お母さんから逃げてるのかもしれなかった。今日のお母さんはおかしい。なんか買ってくれるお母さんなんて、いつものお母さんじゃない。歩いても歩いてもやっぱりみつからなくて、その先ももう行き止まりだ。しょうがなくさっき来た道をもどったら、その先にやっとお母さんをみつけた。

「ちょっとこれ着てみて」

返事もせずだまってる私の体に水色のワンピースを合わせて、お母さんは言った。黒いカーテンのおくに小さな部屋があって、クツをぬいで中へあがった。灰色のカーペットをふむたびに、足のうらがかゆくなった。カーテンの下から、とつぜんだれかの手が入ってきた。その手はこっち向きだった私のクツをつかんで、きれいにそろえてからあっち向きにした。それはいっしゅんのことで、なんだか私がした悪いことをせめるようだった。

大きなカガミの前に、小さな私が泣きそうな顔で立ってる。いつも着てるTシャツの中の茶色いクマだけが笑ってた。Tシャツとズボンをぬいで水色のワンピースに着がえたら、手も足もすーすーした。大きなカガミの前で、水色のワンピースを着た私が、私をずっと見てた。部屋の中があまり明るくないせいで、空みたいだったワンピースの水色がくもって見えた。

「あけていい?」

私はだまったままだった。まだ、お母さんをうたがってた。カーテンの向こうで、お母さんの体がこっちに近づいたのがわかった。さわれるほど近くでお母さんの息が聞こえた。天井から出てるつめたい風のせいで、私とお母さんを分けるカーテンが小さくゆれてる。私は勇気をふりしぼって、カーテンの向こうに話しかけた。

「いつもお店で何やってるの?」

お母さんの返事がこわくて、ちょっと後ろに下がって待った。でも、いつまでたっても返事はなかった。

「変なことしてるでしょ」

これにもやっぱり返事はなくて、カーテンの向こうからお母さんの息だけが聞こえてた。不安になってカーテンをあけた私と目が合うと、お母さんは、にあってるよって笑ってごまかした。カーテンをしめて着がえたら、カガミの中にはいつも通りの私が立ってた。

「明日またお店行ってもいい?」

カガミの中の私が聞くのを、私は見てた。どんなにお母さんが変でも、私にはやっぱりあのお店しか居場所がなかった。

「うん、いいよ」

今度はちゃんと返事があった。私がうなずいたことを、きっとお母さんは知らない。そして、私だってカーテンの向こうのお母さんを知らない。目の前のカーテンに顔をくっつけて、大きな声で言った。

「もう帰ろう」

「そうだね。もう帰ろうか」

カーテンの向こうから、お母さんの声が私の声を追いかけてきた。私たちの声がこんなに近くなったのはひさしぶりだった。私たちのあいだにはときどきこうしてカーテンがあって、だから、私たちはときどきこうして見えない。

「お母さんの子どものころにそっくり」

カーテンをあけた私を見てうれしそうなお母さんが、水色のワンピースを買ってくれた。それはそれでやっぱりうれしくて、私はワンピースが入ったビニールぶくろをだきしめて歩いた。

今度はきっぷをなくさなかった。それに、カイサツキに入れたきっぷがもう返ってこないことだって知ってた。私が通りぬけたとき、カイサツキの向こうはもう夜になりかけてた。行くときはあんなに明るかった空が、帰ってきたらこんなに疲れた色をしてて、まるで私と同じだった。

それから、駅前でハンバーガーを食べた。そこは前からずっと行ってみたかったお店だった。入り口に立ってるピエロの人形のそばに、とうめいなケースに入ったいくつかのオモチャがかざってある。いつもそこを通るとき、ハンバーガーを食べたらきっとあれをもらえるにちがいないと思ってた。

中に入って、お母さんが注文するのをドキドキして見てた。お店のおねえさんは、ニコニコしながら私のおぼんにオモチャを乗せてくれた。それは一番ほしいのじゃなかったけど、もらえれば何でもよかった。そうやって私は、やっとご飯を食べる意味をみつけた。それと同時に、こんなおいしそうなご飯より、もっとまずそうないつものご飯にオモチャがつけばいいって思った。かじったハンバーガーは、口が痛くなるほど味がした。しょっぱくてカリカリのポテトを食べたり、あまくてつめたいイチゴシェイクを飲んだり、口の中がずっとおもしろかった。そのおかげで、私の方がお母さんより早く食べ終わった。これはちゃんと食べたことのお給料だから、私は予定通りオモチャをもらった。

私が食べたハンバーガーは平べったくて楽だったけど、お母さんはトマトとレタスがはさまったむずかしそうなハンバーガーを食べてた。指についたポテトのザラザラをさわりながら、お母さんが食べ終わるのを待った。

外に出るともうまっ暗で、お母さんのツメの赤はもうほとんど見えなかった。道も自転車も水たまりも、色をなくして元気がなかった。なまぬるい風がふくたび、私は口をしめた。それでもまだ心ぱいだったから、口に夜が入ってきて歯が黒くならないように手でかくした。もう一つの手の中で、さっきもらったオモチャが光ってた。それは今までできいろかったはずなのに、暗いところではみどり色に光るらしかった。あんなにうれしかったワンピースのビニールぶくろは、今はもうお母さんが持ってた。

いけやまよしひろの角を曲がったとき、ポケットからカプセルが落ちてころがっていった。私はこのときまで、すっかりカプセルのことをわすれてた。もうあんなカプセルはいらないから、知らんぷりしてそのまま捨てることにした。一歩ずつゆっくりカプセルからはなれていく私は、だるまさんがころんだのスピードだった。

後ろからまたあの音が聞こえて、私は体を止めた。そのままいくら待っても、百円の声はどんどん大きくなっていった。ゆっくりふりむいたら、お母さんが手に持ったカプセルをぶんぶんふってた。あんなに紙のツメがうれしかった私はもういなくて、今はオモチャがうれしい私がそれを見てた。お母さんが百円を入れたりしなければ、カプセルはこんな悲しいことにならなかった。それなのに、お母さんはもっと強くカプセルをふった。それはもう、声を通りこしてさけびだった。このカプセル大事なんじゃないのって聞いてくれたら、もうそれいらないって言えるのに、お母さんはいつまでもただカプセルをふるだけだ。


「ここ中国系でしょ」

「ちがいますよ」

「だって、見るからにそうだけど」

「私じゃなくて、もっと若い美人がやってくれますから」

「若いって、まさかさっきの子じゃないよね」

「あの子、いつもああやって母親のそばで待ってるんです。だから変なことしちゃ駄目ですよ。でも、逆にそういうのが好きな人もいるんですよね」

かな」

「意外とそっちだったりして。じゃあ、思い切ってとなりのあの子にいっちゃおう
「それはそれで高くつきますよ」

入り口で次のお客さんとおばあちゃんが話してるのを聞いてて、どうせすごく嫌なことを言われてるってわかった。おばあちゃんのびしょびしょにぬれた口と、お店に入ってきた私をはじくような、あのお客さんのいじわるな目を思いだした。ドアがあいてまただれかが入ってきたけど、ごめんなさい今いっぱいでっておばあちゃんがあやまったら、またすぐに出ていった。最近はずっとお店がこんでるから、おばあちゃんは元気だ。反たいにお母さんは疲れてて、ぜんぜん元気がなかった。

いそがしくなってから、おばあちゃんがお店に来る回数もふえた。今みたいに入り口に立って、お母さんのマッサージを待ってるお客さんとよく話をするようになった。ちょっと前までは直しにくるお客さんばかりだったのに、気づいたら探しにくるお客さんばかりになってた。お母さんが変になったのもそれからだ。外では雨がふりはじめてた。お母さんが変になったことも、しょうがないってカサをさす雨みたいになればいいのに。

さっき入り口で待ってたあの嫌なお客さんがこっちに歩いてきた。私がいるベッドの前で足音が止まったとき、あの嫌なお客さんがそのまま中に入ってくるんじゃないかと思った。スリッパをはいててもじゅうぶんこわいその足の先っちょが、カーテンのすきまからこっちに入ってきた。いくら待ってもなかなか動こうとしないから、私はタオルのはじっこを強くにぎりしめてまくらの方へ逃げた。

「こちらです」

お母さんによばれて、嫌なお客さんはやっとあっちに行った。すぐにとなりのカーテンがあく音がして、ベッドが苦しそうに鳴った。お客さんは、なんだほんとに日本人じゃんって笑って、だったらなおさらとなりの子がいいなって言った。私は、やっぱりそれが嫌なことだってわかった。

「まぶしいから電気消して。どうせ消すんだからさ。ほら、早く消してよ」

嫌なお客さんはあれもこれもってどんどんめいれいをして、疲れたお母さんをずっとこまらせてた。私はタオルのはじっこをにぎったまま、早くこの嫌なお客さんが終わるのを待った。

「もっと強く」

嫌なお客さんがまたお母さんにめいれいをした。もっともっとってくり返す嫌なお客さんの声に合わせて、変な音も大きくなったり速くなったりした。だけど、嫌なお客さんの声はどんどん弱くなっていった。消えてしまいそうに細くふるえながら、もっともっとってお母さんをおうえんしてるみたいだ。もっと。もっと。私が聞きたくない変な音だけが、大きく速くなっていった。

「そのまま口に入れて」

しずかだった嫌なお客さんがまたしゃべりだした。最初はやさしかったのに、お母さんがしばらくだまったままでいたら、だんだんこわくなった。ないしょ話をするときのトゲトゲした息で、だから入れろよって何回もおこった。いつも私に食べさせてばかりのお母さんに、嫌なお客さんが何かを食べさせようとしてる。こんなとき、どうしても口に入れたくないあの気持ちが私にもよくわかるから、お母さんがかわいそうだった。嫌なお客さんがとつぜん起きあがって、お母さんの頭をつかんだ。声も出ない私の代わりに、お母さんがヒメイをあげた。

「ちょっと。警察呼びましょうか」

おばあちゃんの大きな声がして、嫌なお客さんはやっとお母さんの頭から手をはなした。

「警察呼ばれたらやばいのはそっちだろうが」

嫌なお客さんは、また嫌なことを言って帰った。はじめて聞いたお母さんのヒメイはすごく女らしくて、私は恥ずかしくなった。入り口のドアがあく音がして、新しいお客さんが入ってきた。

「最近こんでるよね」

「口コミのおかげですね」

「ここは手までなのに？」

「じゃあ、口でしてくれてるのはお客さんの方ですね」

「うまいこと言うね」

「でも、口は災いのもとですから」

まるで何もなかったみたいに、おばあちゃんは新しいお客さんとまたお店の入り口で話しはじめた。

やっとお店を出て、雨の中をお母さんと歩いた。私たちが歩くのはいつも帰り道ばかりで、いっしょにおでかけしたあの日がもうずっと前みたいだ。

「明日もお仕事だから行けないの」
それはカサにぶつかる雨より小さい声だった。べつに来てもらえると思ってなかったけど、そうやって悲しそうにされると、こっちまで悲しくなってくる。だまったままの私に、お母さんはごめんねってあやまった。だから私は雨の音をよく聞いて、悲しい耳をあらった。それなのに、どんなに雨の音を聞いてもお母さんのごめんねが消えなかった。

明日は授業参観だ。

いつもよりせまくなった教室で、みんなは後ろばかり気にして落ちつきがなかった。教室の後ろにならんだみんなのお父さんやお母さんは、そんな自分の子どもと目が合うと、手で追いはらうみたいにして注意した。でも、何か言いながら口をぱくぱくさせてるその顔は、どれもちょっとだけうれしそうだ。

三時間目は国語で、教科書を読んで登場人物の気持ちを考える授業だった。先生は、黒ばんに書いた文の横にまっすぐ線を引いた。それからみんなに、このとき主人公はどうして泣いたのか聞いた。最初に手をあげた男子がわざとふざけて答えて、それに教室のみんなが笑った。その子のお父さんとお母さんだけは、まわりに頭を下げながらちょっと恥ずかしそうだった。

それから何人かが順番に答えていって、先生がじゃあ次で最後と言ったら、お金持ちの女子がまっすぐ手をあげた。それを見た先生は、せっかくだから、いつものなかよしグループみんなで答えてもらおうと言った。立ちあがった六人はそれぞれ目を合わせてから、何かをたしかめるように合図を送ったりした。六人の中でお金持ちの女子だけはお父さんが来てなかったけど、それでもお金持ちの女子のお母さんは首や耳がキラキラしてて、じゅうぶん目立ってた。

「泣いたのは、みんなのことがとってもだいすきだからです」

お金持ちの女子が答えて、後ろにいるお母さんと目を合わせて笑った。それから他の女子たちにまた合図を出して、自分の席にすわった。

「泣いたのは、自分がまちがってることに気づいたからです」

「泣いたのは、イヤなことをイヤってはっきり言えなかったからです」

「泣いたのは、そんな自分がなさけなくてゆるせなかったからです」

「泣いたのは、いつもまわりに合わせてばかりの自分を変えたかったからです」

「泣いたのは、今、変わりたい自分をこの先もずっとわすれないためです」

他の女子たちが言い終わると、しずまりかえってた教室の後ろからはく手が起こった。先生もおどろいた顔で手をたたいてる。他の女子たちはおたがいの顔を見ながら笑い合って、なかまはずれになったお金持ちの女子だけが下を向いてた。そのあともしばらく、教室のざわざわは消えなかった。後ろにいるみんなのお父さんやお母さんの方がうるさくて、先生から注意されるほどだった。あいた窓から入ってくる風に、うすく給食のにおいがまざってた。

帰りの会がはじまっても教室の後ろにはまだみんなのお父さんやお母さんのけはいがのこってて、クラスのみんなもいつもよりうるさかった。先生が宿題を出したときのえーっていう声さえも、ちょっとうれしそうだ。

この日先生が出したのは、友達とペアやグループになっておたがいに相談し合いながら、家族のことを作文に書く宿題だった。帰りの会が終わってから、くばられた作文用紙をひらひらさせたみんなが、いっしょに作文を書いてってておねがいし合ってた。私はどうしていいかわからなくて、一人でかたづけをしながら、友達だよな友達だよねってたしかめ合うクラスのみんなの声を聞いてた。漢字ドリルをランドセルにしまいながら、たとえ友達が多くてもまだ漢字でちゃんと書けない子がほとんどなのに、友達がいない私が漢字で友達って書けることがなんだかもうしわけなかった。私はお金持ちの女子のことが気になって、教室を探した。

自分の席でずっと下を向いてるお金持ちの女子をみつけたとき、私はセミを思いだした。木に止まったセミを発見したときと同じ、あのワクワクした気持ちになったからだ。一人ぼっちでイスにすわってるお金持ちの女子は、木に止まってじっとしてるセミだった。でも、セミがちゃんと木になじんでるのとくらべたら、人間の形をしたお金持ちの女子がしっかり机にうき出てるのがおかしかった。みんなで集まってるときはあんなにうるさいのに、一人になったときはこんなにしずかだ。今の元気がないお金持ちの女子なら、私とでも友達になりたいんじゃないかと思って、何か話しかけてみたくなった。

でもよく考えたら、私はただセミをみつけたラッキーがうれしいだけで、べつにセミがほしいわけじゃなかった。だって、つかまえたらつかまえたで虫とりあみの中であばれるのを手でカゴに入れなきゃいけないし、指の先にセミのふるえがビクビク伝わってきたり、バタバタする羽からふいた風が顔にぶつかったりして気持ち悪い。それでも私は、ずっと下を向いてるお金持ちの女子にゆっくり近づいていった。ゆっくりゆっくり、木に止まったセミに近づくように動いた。セミはまだ私に気づいてない。でも、実はそう思ってる私に、もう気づいてるかもしれない。

　セミまであと少しだと思ったそのとき、下を向いてたお金持ちの女子が急に立ちあがった。向こうから他の女子たちが歩いてきて、お金持ちの女子のまわりに集まった。それを見た私は、さっきの国語の授業を思いだした。お金持ちの女子も、まるで何かを思いだすときのむずかしい顔を他の女子たちに向けた。

「今日のよる、家に新しいネコが来るんだけど、明日見に来ない？」

「行く。ネコ見るの楽しみ」

「私も行く。じゃあそのときにみんなで作文もやろう」

「私も行く。じゃあ、ネコの作文にしようか」

「私も行く。じゃあ、ネコの名前かんがえとくね」

「私も行く。コラ、ネコの名前、勝手にきめちゃダメでしょ」

　それを聞いたお金持ちの女子はやっと笑って、みんなと教室を出ていった。私の耳の中で、バタバタとろうかを走るみんなの足音が遠くなっていった。私は、あー逃げられたってガッカリした。もうセミが飛んでいって、机だけになった机をずっと見てた。

「お母さん、相変わらず忙しそうだな。次の授業参観は来てもらえるといいけど。先生、今度そのこともちゃんとお母さんと話しておくから」

先生は私の肩をぽんとたたいてから、こぼれそうな大きい目で教室中をギョロギョロと探した。私が何も知らないと思って、またお店に来て変なことをするかもしれない先生が気持ち悪かった。先生は教室のすみっこで何かをみつけて、おーいと手まねきした。お前死ねですって笑いながらこっちに歩いてくるのは、この前、銭湯で会ったあの男子だった。こらそんな口のきき方するなっておこってる先生とくらべると、男子の目は糸みたいに細かった。

「君たちはほら、どっちもお母さんが一人で頑張ってる立派な家の子だし、ちょうどいいからペアになって作文やりなよ。境遇が同じだと、お互いの気持ちもよくわかるはずだから」

先生は私たちを勝手に決めつけた。でもその目に見られたらことわれなくて、けっきょく男子といっしょに帰ることになった。校門を出てすぐのところで立ち止まって、どっちかが先に動くのを待った。私は男子のことがわからなかった。あの男子について私が知ってることなんて、お腹の下に何かをかくしてることぐらいだ。

「うっさい死ねです」

こっちはべつに何も言ってないのに、男子がそうさけんだ。でもたしかに、しずかすぎるとぎゃくにうるさいよなって思った。

「これいっしょに書いてくれる?」

男子は返事もせず、私が出した作文用紙をうばって逃げた。男子の背中ではずむランドセルの音にまじって、切れた息の中から、やべー追いかけてきてるしって聞こえた。風がうるさくて苦しかった。鼻のおくがつんとして、鉄くさい息ばかり出た。私は何度も足のおそい男子に追いつきそうになったけど、わざと信号にひっかかったりしてガマンした。

しばらく行った先に、せまくて暗いわかれ道があった。まん中に平べったい家がいくつかならんでて、男子はそこで止まった。首からぶら下げたカギでドアをあけて、わかれ道にそってナナメにたってるボロい家の中に入った。まるでうら口みたいだけど、その他に正面の入り口はなさそうだ。私はどうしたらいいかわからなくて、あけっぱなしのドアの前に立ってた。なかなか中に入れないまま、ポストからはみ出したチラシを数えて、あんなにあったらメモちょうにしていっぱい落書きができるのにってうらやましくなった。そのとき、あけっぱなしのドアの向こうから知らないおじいちゃんが飛び出てきた。つまずいてころんでもすぐに起き上がって、かたっぽだけサンダルをはいた足で前に進んだ。だんだん小さくなっていくおじいちゃんの背中は、角の先で左に消えた。

私は男子にうばわれた作文用紙を取り返すため、かくごを決めて家の中に入った。小さなげんかんでクツをぬぎながら、おくであぐらをかく男子をみつけた。うす暗い部屋の中で、男子がカチャカチャ何かを動かしてるのがわかった。その手のあたりから、ときどきパキッパキッて気持ちのいい音が聞こえる。

クツをぬいだ私は、どんなオモチャで遊んでるのか気になって、おじゃましますもわすれて男子に近づいた。そっとのぞいたら、男子は動かしてた手を止めて、それを背中にかくした。ますます気になった私が男子の後ろに立ったら、今度はすばやくお洋服をめくって、それをお腹の下に入れてかくした。男子は、お洋服の中でそれをまたカチャカチャ動かしはじめた。中からやっぱり、パキッパキッてあの音が聞こえる。私をよんだ男子が、ニヤニヤしながらお腹の下にかくしてた手をゆっくり出した。もしかしたら、銭湯で見たあの何かが出てくるんじゃないかってドキドキしたけど、それはただの手だった。それから、今度はにぎってた手をパーにして、私の顔に近づけてきた。そしてまた、左手を右手でつかんでカチャカチャしはじめた。

その手の中にはやっぱり何もないのに、男子は楽しそうに手を動かしつづけた。ときどきまたあのパキッていう音がして、私はいったいそれが何かを考えた。男子がお金持ちじゃないことは、この家を見ただけですぐにわかった。だから私は、そんな人がどんなオモチャを持ってるのかをたしかめたくなった。それからまたしばらく考えて、やっとわかった。男子は手を使ってオモチャで遊んでるんじゃなくて、ただ自分の手をオモチャにしてるだけだった。

私はさっそく男子のマネをして、左手を右手でつかんでカチャカチャ動かしてみた。でも、あのパキッていう音をなかなか鳴らせなくてこまった。よくかんさつしてみたら、男子が指の二つ目の線を押したり曲げたりしたときにあの音がするってわかった。だからそれと同じように二つ目の線を押したり曲げたりしたら、私の指もやっと鳴った。こうやってコツがわかったら、これから遊ぶのがもっと楽しくなりそうだ。左手は右手を、右手は左手を、私はもっと大切にしようと思った。

家のドアがあいて、男子のお母さんが帰ってきた。げんかんでクツをぬぎながら床にどすんとビニールぶくろを置いた男子のお母さんは、はーって大きく息をはいた。そういえば、このお母さんも授業参観には来てなかった。先生はそのことも考えて、私たちをペアにしたのかもしれない。男子のお母さんは私に気づいて、あらいらっしゃいってあいさつをした。だけど、私はそれを無視した。男子のお母さんが私をいい子だと気に入って、ご飯を作り出したら嫌だからだ。男子のお母さんはあっちを向いたまま、ゆっくりしてってとつぶやいて、ビニールぶくろの中の物をれいぞうこにしまった。私はそれを見ながら、もしご飯が出てきそうになったらすぐに逃げようと決めた。

男子がふとんの上に置きっぱなしにした私の作文用紙は、もうくしゃくしゃになってた。まだ男子がいっしょに作文を書いてくれるって決まったわけじゃないのに、私はすごくガッカリした。どうせなら、ちゃんとキレイな紙に作文を書きたかったからだ。

「ねえ、おじいちゃんまた出てったの？　あんなに外に出すなってつったのに」

男子のお母さんがおこってるのが、れいぞうこをしめる強さでわかった。男子は小さくごめんなさいってあやまって、また自分の手をカチャカチャしはじめた。

「だからそれやめなさいってつってんの」

またおこられた男子はその手をポケットにしまって、ちゃんとオモチャを取りあげられた子どもみたいな顔をした。

それからお母さんのめいれいで、あのおじいちゃんを探すために外に出て、クツのかかとをふんで走っていった。ドアがしまってからも、男子が置いていった外の光が、私の目のうらでまぶしかった。のこされた私は何もすることがなくて、とりあえず手をカチャカチャしてみた。でも、男子のお母さんはそのことで私をおこらなかった。それはきっと私たちが親子じゃないからだ。あたり前だけどちょっと悲しくて、他人のお父さんやお母さんと会うと私はよくこういう気持ちになる。

れいぞうこから光がこぼれて、部屋のおくに私の家と同じぐらいのびんぼうをみつけた。私はいつのまにか、自分の家がこの家に勝ってるところを探してた。せんぷう機の風がヒモをひらひらさせながら、ゴミバコからあふれそうなティッシュのかたまりをひやしてる。そこはさっきまで男子がすわってた場所だった。風がもったいないからせんぷう機を消してみたら、急に部屋がしずかになって、私がツバを飲む音もうるさくなった。だからもう飲んじゃいけないって思えば思うほど、どうしても飲みたくなるのが苦しかった。汗をかいた足がカーペットにあたってチクチクするし、心ぞうがさわいでノドがカラカラになるからまたツバを飲みたくなった。

男子のお母さんはずっとあっちを向いたまま、台所の下をあけたり、せっかくいぞうこの上をあけたのに、またすぐにしめたりした。なんだか家がしゃべってるみたいで、聞いてて少し楽しい気分になった。台所がうるさいおかげで音がかくれるから、私はもうツバを飲みほうだいだった。でも、男子のお母さんはやっぱりご飯を作ろうとしてた。私はウンコずわりをして、そっと逃げるじゅんびをはじめた。

ご飯ができても、まだ男子は帰ってこなかった。私はウンコずわりのまま、ひざの間に顔を押しこんで丸くなった。それでも、できたてのご飯のにおいは私のひざの中まで入ってくる。スリッパの音が近づいてきて、食器がごつんとテーブルにぶつかった。カラカラ鳴ってるのはきっとおはしだ。男子のお母さんはそれから、ふっふってさました熱いご飯を、大きな音をたててすった。聞いてると、まるでそこにすいこまれそうだ。私は今すぐ、男子のお母さんに向かってご飯はいりませんって正直に伝えようと決めた。そのとき、背中を丸めて食器に顔を近づける男子のお母さんと目が合った。私のことなんかどうでもいいその目で、とがらせた口からふっふって息をふいて、おはしでつまんだ白い物を一気にすいこんだ。よく見ると、その白い物はうどんだった。そして、テーブルの上にある食器は一つだけで、最初から私の分なんかどこにもなかった。男子のお母さんは、食べ終わったうどんの食器を台所に持っていって水であらった。

男子があのおじいちゃんを連れてやっと帰ってきた。またいつもの道にいたからすぐにみつかったけど、なかなか言うことを聞いてくれなかったからこんなに時間がかかったって男子はせつめいした。話しながら台所のはじっこに乗せた腕が大人っぽくて、それがちょっとカッコよかった。私はそのとき、男子の鼻の下にホクロがあることにはじめて気づいた。そのちょっとカッコいい感じに、鼻の下のホクロがぜんぜんにあってなかったからだ。そんなのホクロの勝手なのに、私は少しガッカリした。

あのおじいちゃんがぐるぐる歩き回るせいで、せまい家の中はもっとせまくなった。細長い体の先にちょんとくっついた頭には、シールをはがしたみたいに、ところどころ白い髪の毛がのこってる。おじいちゃんはしばらく歩き回ったあと、せっかく帰ってきたばかりなのに、また外に出ていった。あいたドアから光がてらしてるのに、男子のお母さんの顔だけは暗いままだった。

「ほっときな。あんなのもう家にいらないって」

声が家じゅうにひびいて、立ち上がったばかりの男子を止めた。すぐにあのおじいちゃんを追いかけるのをやめた男子は、私の横でまた手をカチャカチャしはじめた。鼻の下にはやっぱりホクロがあって、小さな黒い丸がぷっくりしてる。さっき外に出たときにくっつけてきたんじゃないかって思うほど、そのホクロを新しく感じた。私は男子のそばでくしゃくしゃになった作文用紙を指でさして、これどうするって聞いた。

「お前、イカつくんですよ。オレは、変タイマッサージの作文なんか書かないです」

男子の口から出る息はくさかったけど、そのにおいが、言葉によくにあってた。いっしょに作文を書いてもらえないならもうここにいる意味なんてないから、私は帰ることにした。げんかんでクツをはいて外に出たら、道のずっと先の方にあのおじいちゃんの背中が見えた。そのもっと先にある空からまっ赤な血が出てて、ところどころ白い雲がそれをふいてあげてた。それでもやっぱり痛いのか、しばらくして空から雨が落ちてきた。

あったかい地面のにおいをかぎながら、あのおじいちゃんを追いかけた。私がやっと追いつきそうになったとき、おじいちゃんは道のとちゅうで急にすわりこんだ。これがさっき男子が言ってたいつもの道かと思ったら、おじいちゃんはまたすぐに立ち上がった。ジュースの自動販売機まで歩いていって、おつりが出るところにつっこんだ手をカチャカチャさせてる。それから細長い体を横にたおして、自動販売機の下をのぞいた。それを見てた私は、動物にエサをあげるときのやさしい気持ちになった。だから、お母さんと出かけたときにもらってからずっと持ち歩いてた百円をおじいちゃんにあげたくなって、カプセルから出した。それなのに、おじいちゃんは顔をまっ赤にしておこった。ぶたれた私の手から百円が落ちて、自動販売機の下にころがっていった。あーもったいないって思ったそのとき、雨にぬれた私の腕から、あのあまいにおいがしてきた。おじいちゃんの体からは、習字の時間に使うまっ黒いぼく汁のにおいがする。私たちは雨にぬれないように、近くの屋根まで歩いた。

おじいちゃんは私の言うことをよく聞いてくれた。さっきまであんなにおこってたのに、今はもうはいはいと首をタテに動かして私についてくるおじいちゃんがおもしろくて、動物の頭をなでてあげるときのやさしい気持ちになった。シャッターがしまった工場の入り口で屋根にぶつかる雨の音を聞きながら、おじいちゃんはちゃんといい子にしてた。家の中であんなに落ちつきがなかったのがまるでウソみたいだ。友達になってくれるって聞いても、作文書いてくれるって聞いても、やっぱりはいはいって言うことを聞いてくれる。だから私は、このおじいちゃんがほしくなった。シワシワでヨボヨボだけど、お店でお母さんに直してもらえばまだ使えるかもしれない。

おじいちゃんの手は、見れば見るほど汚れてた。きばんだツメは今にも取れちゃいそうだし、うすみどり色をした血の通り道が何本もふくれてて気持ち悪かった。

だからよくあらって、クラスのみんなと同じぐらいツルツルにしてあげたくなった。学校の宿題をやるためにどうしても友達がひつようだって説明すれば、きっとお母さんも協力してくれるはずだ。

でもその前に、私にはどうしても見たいものがあった。だから私はおじいちゃんのお腹《なか》の下を指でさして、見せてっておねがいした。そこには、銭湯で見た男子のお腹の下から出てきたのと同じ物があるはずだった。それを見ればお母さんがいつもお店で何をしてるかがわかって、仕事のお手伝いができるようになるかもしれない。私が手伝ってあげればお母さんも楽になって、いっしょにいる時間だってふえるはずだ。おじいちゃんはやっぱり、はいはいって首をタテに動かした。本当は自分から出してほしかったけど、相手がこんなおじいちゃんだから私が自分でやるしかなかった。ねずみ色のズボンはやわらかくて、手でひっぱった分だけのびた。半分まで下げたら、とんと下まで落ちて地面で丸くなった。おじいちゃんの体から出るぼく汁のにおいが強くなって、私は息を止めた。おじいちゃんは屋根から落ちる雨に向けて、いっしょうけんめい口をぱくぱくさせてる。ノドがかわいてるのかもしれないけど、私には何もできなかった。おじいちゃんのパンツのまん中がちょっとふくらんでて、書けないのに読める漢字みたいだ。

私がおじいちゃんのパンツにさわったとき、遠くからだれかの大声がした。細長い道の先で、赤い点がゆれてた。どんどんこっちに近づいてくる点は、遠くから見ると、空が赤をつーってこぼしたみたいだ。その赤はカサだった。カサの中には男子のお母さんがいて、はみ出たお肉を雨にぬらしながら、こわい顔で走ってる。デブが走ってるのを見るとやさしい気持ちになるから、私はがんばれがんばれって男子のお母さんをおうえんした。カサをたたんで屋根の下に入ってきた男子のお母さんは、息をはーはーさせながら、私がせっかくぬがせたおじいちゃんのズボンを元にもどした。男子のお母さんは顔を赤くして、ちょっと何やってんのっておこってるけど、まったくもう、それはこっちのセリフだった。

「これ、いらないいなら私にちょうだい。ちゃんと大事にするから」

男子のお母さんはびっくりしながら、ちょうだいちょうだいってくり返す私を、あんた頭おかしいんじゃないのってにらんだ。私は、子どもにそんな口のきき方しちゃいけないでしょって思ったけど、大人にそんな口のきき方しちゃいけないから、ただ思うだけにしといた。だってさっき自分でもういらないって言ったくせに、なんで私がおこられなきゃいけないのかわからない。男子のお母さんはカサをひろって、おじいちゃんを強くひっぱった。ねずみ色のトレーナーは、ズボンのときと同じぐらいよくのびた。

「これください」

「しつこい。やっぱり親が親なら子も子ってことだね」

だまってる私の代わりに、おじいちゃんがはいはいって勝手に返事をした。おねがいしますって頭を下げても、やっぱりダメだった。男子のお母さんは、おじいちゃんをひっぱって歩き出した。赤いカサをさした二人が小さくなって、角の先で右に消えた。

ますますはげしくなった雨がやむまでのあいだ、自分の手をカチャカチャして時間をつぶそうとしたけど、ぜんぜんおもしろくなくてすぐにやめた。屋根の上の、さっきまで白かったはずの雲がおかしかった。どっかにぶつけたのか、ちぎれた雲はうすむらさき色になってた。それを見た私は、この雨がやんだらお店に行こうって決めた。私には、もうお母さんしかいない。

やむまで待ちきれなくて、私は雨の中を歩きだした。大きな木の下で立ち止まったら、地面にお母さんの影がのびてる。いつもお店で見てるお母さんの影が、なぜか目の前の大きな木の下にあった。びっくりした私が動くと、お母さんの影も動いた。もしかしたら心ぱいしてむかえに来てくれたのかもって、私はうれしくなった。それなのに、影に向かってお母さんってよんでも返事はない。私はやっとわかった。お母さんだと思ってたそれは、私の影だった。大きな木の下で、私の影が細く長くのびてる。しょうがないからその影を連れて、私はまた歩きだした。

びしょびしょの髪からぽたぽた水がたれて、お店の床に小さな水たまりができた。私の髪の先っちょで、水のつぶがふくらんですぐにわれた。

カーテンの向こうにはまたお客さんが来てて、電気が暗くなってるから、ちょうどあの時間だってわかった。雨にぬれてひえたからか、急にお腹が痛くなってきた。今はダメだってわかってるけど、私はどうしてもガマンできなかった。

足のうらが床で鳴らないように、トイレまでゆっくり歩いた。ドアのすきまから光がもれちゃいそうだから、中に入るとき電気はつけなかった。

雨にぬれた体に、あったかいトイレの空気がぺったりはりついた。私がすわったら、いつも左にずれてるトイレのフタが小さく音をたてた。カガミで見る私の歯だって、口の中でいつも左にずれてるから、このトイレが他人とは思えなかった。それなのに、今からそこにウンコをしようとしてるのがちょっとおもしろい。

さっきまでの痛みが、もうお腹でウンコの形になったのがわかった。私はおしりの穴に力を入れて、なるべくしずかにそれを出した。水のウンコが出るとき、私のおしりの穴が熱くなった。そばでお母さんが仕事をしてるのに、こんなに恥ずかしいことをしてるのが悲しかった。そんなことを考えてるあいだも、水のウンコは止まらない。私は、ゆっくりゆっくりおしりをひらいた。でも、あって思ったときにはもう出てた。せっかくガマンしてたのに、それはぜんぶを台なしにする音だった。

トイレットペーパーでおしりをふいて立ち上がったとき、私は重大なことに気づいた。私がこれからウンコを流すときに、きっと大きな水の音が出ちゃう。出すのは大変だけど、流すのはもっと大変だ。手さぐりで、トイレの右上についてるフエの形をした部品をゆっくり手前に動かした。まん中よりこっちに来たとき、いきおいよく水が流れた。トイレットペーパーといっしょに、ウンコはあっというまに流れて消えた。

トイレを出たらもうお客さんは帰ってて、お店の中も明るくなってた。お母さんは、あら来てたんだっていう顔をしてこっちへ歩いてくる。でもそのまま私を通りすぎて、ドアをあけてトイレに入った。お母さんは今ごろきっと、私のウンコのにおいをかいでるはずだ。いつも恥ずかしいことをしてるのはお母さんの方なのに、今は私の方がよっぽど恥ずかしかった。

お母さんのおしっこの音が止まって、トイレットペーパーがカラカラ回った。水を流す音の他にも、トイレの中でお母さんが立ち上がったり、ズボンがこすれる音まで聞こえた。私には、ドアの向こうでお母さんが何をしてるかぜんぶわかるからこまった。まだ水が流れる音がしてるあいだに、急いでいつものベッドに向かった。そこに寝たまま体をぴんとのばして、顔を横に向けた。

お母さんの足がこっちに近づいてきて、カーテンをあけて中に入ってきた。

「いらっしゃいませ」

やさしく笑ったお母さんが、どこか痛いところはありますかって聞いた。めずらしく次に待ってるお客さんもいないから、今日はまだそんなに疲れてなさそうだ。

お母さんは私の腕をにぎって、マッサージをしてくれた。それがくすぐったくて、私の体が勝手に逃げちゃう。こんなことがきもちいなんて、やっぱり大人って変だ。お母さんがどこをにぎっても、私の体はやっぱり逃げた。このマッサージから逃げたら私はお母さんの本当を知れないのに、逃げちゃダメって思えば思うほど、やっぱり私の体はくすぐったかった。そんな体を、心はゆるせなかった。そのとき、私の心にはお母さんに聞かなきゃいけないことがあった。だったらもう、このまま体だけ出ていって、そんな心を置いていきたい。でも本当の私が心と体のどっちにいるのか、わからないからこまった。逃げても逃げても、心と体はくっついてはなれなかった。いつもこんなにぶらぶらしてるのに、それがとってもフシギだった。お母さんはまだ私の体をマッサージしようとした。それが本当にくすぐったくて、心は泣きたいのに、体が笑った。

「あるんでしょ？」

ねえってよんだあと、長い時間があいてからやっと聞けた。お母さんはむずかしい顔をして、ずっと何かを考えてる。私はまだお母さんの「ある」を受け入れるじゅんびをしてなかったから、もし本当にあったらどうしようって、聞いたことをこうかいした。

「あるよ」

お母さんはそれを私のお腹にぽんと乗せた。私が息をするとお腹の上のそれも動くから、落とさないようにゆっくりすって、ゆっくりはいた。熱くなったそれは、私をあっためた。はがれかけた赤が、指の先でまだキラキラしてる。大きくてやわらかい、お母さんのやさしい手だった。

「お腹痛いのが早く治りますように」

いじわるなお母さんのせいで、私の体はまた熱くなった。やっぱりお母さんは知ってた。さっきかいだ自分のウンコを、鼻のおくが思いだした。でもいくら私だって、いつもお客さんが探してる物がこれじゃないってわかった。だから今、私のお腹の上にはニセモノの「ある」が乗っかってる。だったら「ない」って答えてくれた方がよかった。だけどニセモノの「ある」のおかげで、私のお腹の痛みはもうすっかり消えてた。

お店のドアがあいて、お母さんは急いで入り口へ向かった。そのあいだも、私のお腹はまだ熱いままだった。お客さんが入ってきた。そのお客さんのときも、次のお客さんのときも、次の次のお客さんのときも、やっぱりちゃんとあった。いつも通りに暗くなって、いつも通りの変な音がした。終わったらまた電気がついて、お洋服を着たお客さんは帰っていった。

私は目をつぶってタオルのはじっこをにぎった。つめたくなったタオルの角が、手の中できもちかった。目をつぶって、カーテンの向こうで動くお母さんを感じながら、私の体はゆっくり重たくなっていった。

「言っていい?」

お母さんがお客さんと話してる声で目がさめた。いつもならお客さんが聞くことを、今日はお母さんの方から聞いてる。でも、お客さんは返事をしなかった。まわりもうす暗いし、寝起きで私の頭はまだぼうっとしてた。いつまでたってもお客さんが返事をしないから、天井から出るつめたい風だけが聞こえた。早く返事をしなきゃ、せっかくの「ある」がなくなっても知らないよ。私はお客さんに注意したくなった。でも、お母さんはべつにそんなこと気にしてなさそうだ。

「言っていい?」

まだお客さんは返事をしない。

カーテンの中にお母さんの影だけをみつけたとき、やっとわかった。そこにお客さんはいなくて、お母さんは今、私に向かって何か言おうとしてる。私の体はカチカチになって、どんなに力を入れてもぜんぜん動かなかった。お母さんが立ち上がって、私のそばに来たのがわかった。お母さんの形にふくらんだカーテンから、苦しそうな息が聞こえた。

「もう言っていい？」

カーテンがふるえて声がわれた。お母さんの口がすぐそこまで来てるから、早くしないと言われちゃいそうだ。

私は急いでベッドからおりて、カーテンにだきついた。そこにはお母さんの体があった。私はやっと、ずっと探してたお母さんをみつけた。顔を押しつけたら、ほっぺたがザラザラする。だきつきながら私の体は、もっと早くこうすればよかったと感じた。私は今ただの丸になって、まだママだったころのお母さんを思いだしてた。変といっしょに、私の体がどんどんやわらかくなっていくのがわかった。もうこれ以上お母さんの変がどこにも行かないように、もうこれ以上お母さんの変がこっちに入ってこないように、強く強くだきついた。

「言っていいよ」

私の声がお母さんの体でひびいた。私の顔の高さにしゃがんで泣きだしたお母さんは、まるで子どもだった。お母さんの形にふくらんだカーテンから水の音がした。なかなか泣きやんでくれないお母さんがはいた息で、私の顔がしめった。それからしばらくのあいだ、お母さんはずっと泣いてた。こんなに悲しそうなのに、カーテンの向こうからお母さんの息がうっうっうってあたっても、私はただ顔があったかいだけだ。だから、もっと強くお母さんにだきついた。そしたらお母さんの泣き声がもっと私の中でひびいて、いっしょに泣いてるみたいだった。それでやっと悲しくなった私は、私たちってかわいそうだねって思った。

「ありがとう。すっきりした」

お母さんはまだちょっと泣いてた。お母さんの顔から出る水の音を聞くと、心がガボガボしてきてはずれそうになる。だけど、やっぱりその心がどこにあるのかわからなかった。お母さんは立ち上がって電気をつけた。元にもどったカーテンが、お母さんの顔の形にぬれてた。私はそれをお母さんだと思って、自分だけすっきりして元にもどるのはずるいよってにらんだ。

またお客さんが入ってきた。私はベッドの上にすわって、新しいお客さんの声を聞いた。

「ひさしぶり。いきなりだけど、今日ってある？」

「はい」

「よかった」

「池山さんにはいつもお世話になっていますから」

それから電気が消えても私は平気だった。あの変な音が聞こえてきたって、もうなんとも思わなかった。カーテンにさっきのシミがまだのこってるか探したけど、ちょうど見つかりそうになるとお母さんの影がちらちら動くのがじゃまだった。

そのとき私が手を止めたのは、カーテンにもう一つ影をみつけたからだ。すごくうすいけど、よく見ると私のだった。さっきあの木の下で見た、お母さんにそっくりな私の影だ。あれがお母さんで、あれがお客さん、そしてあれが私だった。カーテンの中で一つになろうとしてる三つの影が、家族みたい。

「行く」

お客さんの苦しそうな声を聞いて、カーテンにのばした手を元にもどした。私はこの声が苦手だった。聞くと耳をふきたくなる、汚れた声だ。行くって言ったくせに、お客さんはそのあともなかなか帰らなかった。

お母さんが電気をつけたら、カーテンの中の三つの影も消えた。

「あの子は元気にしてる？」

「元気ですよ」

「ハムスター喜んでた？」

「はい。とっても」

「そう。つまらない物だけど、よかったらこれ」

「いいんですか？　いつもありがとうございます」

「お母さん」

私の声を聞いた二人の息が止まった。

「電気消して」

私の声がふるえてた。二人はカーテンの向こうでこまってる。

「じゃあ、そろそろ」

お客さんは泣きそうな声で、早く帰ろうとした。

「おねがい」

お母さんはやっと立ち上がって、電気を消してくれた。私たちの影がもどってきて、カーテンの中でまた家族の形になった。私も立ち上がって、ベッドのすみっこにある小さな電気をはじめてつけた。まるでベッドに火がついたみたいに明るくなって、私の影もこくなった。もうオニにみつかってもこわくない。私は私を、お母さんにみつけてほしかった。うすくなった二人の影のまん中にすわり直したら、ちょうど空いたところに私がすっぽりおさまった。ズルしても、まちがってても、これが私の家族だった。いつもは読んでばかりだけど、私はこのことを書くって決めた。

それはずっと知らなかった私の反たいがわだった。みんなにはあるのに、私にはないもの。

ふくらんだお客さんの影が私の影にくっついて、息を止めた。ちょっとでも動いたら影はすぐにくずれちゃうから、よく注意がひつようだった。私はいてもたってもいられなくなって、高くあげた手を大きくひろげた。そしたら、二人の顔もそっちを向いた。ひまわりかな。かざぐるまかな。私の手が二人にどうやって見えてるか気になる。私の手は、このまま何にでもなれそうだ。楽しくなって、痛いのをガマンしながら、もっと高く手をあげた。もう無理だってわかってるのにもっともっと高く手をあげたくなる、こんな気持ちははじめてだった。楽しくて楽しくて、私は今、何かにすごくやさしくされてる。二人の影はまだ私の手の方を向いてた。私が手をおろしたら、二人の影も下を向いた。あげてた方の手だけが熱くなって、じんじんした。

お客さんが大きな息をはいた。それは人がおこってるときの、こわい息だった。私からはなれていくお客さんの影が、じっとしてられない子どもみたいにゆれた。そのままベッドから出ていこうとしたお客さんの影を、今度はお母さんの影がつかまえた。それは人がおこってるときの、こわいスピードだった。

お母さんにつかまえられて、お客さんの影はおとなしくなった。私はカーテンの中にもどってきた影におかえりって思った。

カーテンの向こうで、お母さんはすごくお母さんだった。それはずっと知らなかったお母さんの反たいがわだった。私はまた手をあげる。べつに意味なんてないのに、高く高くあげる。私の反たいがわがお母さんの反たいがわまでとどくように、高く高く手をあげる。

作文用紙を広げて、えんぴつをにぎった。家族みたいな影を見ながら、私はまだじんじんしてる手で作文を書いた。書けば書くほど、私の影がこくなっていった。電気がついた。お客さんはまた大きな息をはいて、すぐに立ち上がった。行く前はあんなにやさしかったのに、帰るときはぜんぜんやさしくなかった。でもそんなことは気にせず、私は作文のつづきを書いた。

私たちがお店を出たとき、雨はもうやんでた。だけど道を走る車の音がぬれてて、地面もまだ雨くさかった。家までの帰り道を歩いてたら、急にお腹が鳴った。私のお腹の中に、今までなかった穴があいてるのを感じた。そして、あー何か食べたいって思った。私はそんな私にびっくりしながら、お母さんの手を強くにぎった。

お母さんの手も私の手をにぎった。やっぱりそれがくすぐったくて、お母さんの手から逃げそうになる。私がにぎり返したら、お母さんもまたにぎり返した。私はお母さんの手をマッサージしてて、お母さんは私の手をマッサージしてた。だから今、お母さんは私のお客さんで、私はお母さんのお客さんだった。

お母さんと手をつないだまま、チカチカの信号を急いでわたった。いつもの帰り道なのに、これからどこかにおでかけするような気分だ。私が進むたびに地面と足のあいだで水の音がして、ポケットの中の作文がカサカサうるさかった。お母さんは水たまりを上手によけて、しずかな足音で歩いた。信号の先には交番があって、その前に白いケーサツの自転車が止まってる。それを見て、私の手の中でお母さんの手がかたくなった。そんなお母さんを守るための強さがほしくなって、私はだれにも気づかれないようにそっとツバをはいた。夜で何も見えなかったけど、ツバが出たしょうこに口がぬれた。

交番の中からおまわりさんがこっちを見てる。私は、お母さんがいつもお店でやってることをぜったいに知られちゃいけないと思った。だから私が書いたお母さんのことがおまわりさんにみつからないように、ポケットを手でおさえて作文をかくした。

でもガマンできなかった。お母さんの前で今すぐに作文を広げて、大声で読んでみたくなった。よくできたねってほめてほしい私は、今やっと子どもらしかった。

「言っていい？」

今度は私の番だ。

歩くたびに交番が近づいてくる。私は作文を広げた。

「私の反たいがわにはいつもお母さんがいて、お母さんの反たいがわにはいつも私がいます」

手をつないだまま私の声に耳をくっつけたお母さんの影が、私の影と一つになる。

物語そのものが呼吸している——解説

又吉直樹

『母影《おもかげ》』は、冒頭から結末に至るまで、神経の行き届いた言葉が丁寧に重ねられていく。言葉を最大限に駆使し、純文学を書く、ということから一切逃げていない。このような無垢《むく》な覚悟を感じさせてくれるものだけに触れて私は死んでいきたい。

「となりのベッドで、またお母さんが知らないおじさんをマッサージして直してる。私はいつも通り、空いてる方のベッドで宿題の漢字ドリルをやりながら待ってた」

不穏な気配を充分過ぎるほど含んだ書き出しである。

語り手は、マッサージ店で働く母親と二人で暮らす小学校低学年の［私］。放課後になると［私］は、マッサージ店の片隅で宿題をしながら、母の仕事が終わるのを待つ。施術《せじゅつ》中のベッドはカーテンで囲まれているため、［私］はカーテン越しに母の影を探し、客との会話を盗み聞くことしかできない。だが、［私］は五感を駆使して母の存在を摑《つか》もうと試みる。

「こんなに近くにあるのに、お母さんの影はいつもうすい。私は置いていかれないように、うすい影を目で追いかける」

最も自分と近い存在であるはずの母がカーテンの向こうで客の体に触れているのに、［私］は近づくことができずにいる。

幼少期に、親が自分の知らない誰かと話しているだけで不安になった経験が何度もあるが、そんな繊細な記憶を見事に呼び起こされた。

客に悪いところがあり、それを直すために母は他人に触れているのだと［私］は理解している。母と近づくために自身の悪いところを探すのだが、それを見失う。

「お母さんがいるからこわれるのに、お母さんがいるから直った」

母が原因で生じた痛みでありながら、その痛みを癒《いや》すことができるのも母だけであることを［私］は感覚で摑み、限定された語彙《ごい》の中で、巧みに掬《すく》い取っている。

［私］の健気《けなげ》な姿に胸を打たれるが、この物語は主人公に感情移入しておけばいいという類《たぐい》の単純な物語ではない。語りには悲壮感が希薄で、日常に起きたことが、淡々と語られていく。読者として痛みを感じることはできるが、その痛みを語り手と共有することが許されず、当事者に成り得ないからこそ、傍観者としての後ろめたさを感じさせられる。

物語が進行するに連れて、「私」が抱える現実が更に過酷であることが明らかになっていく。

客の、「**ないの?**」「**ないなら帰る。金は払わないから**」といった言葉によって、母が働く店が、客の要求によって違法に性を提供する店であることがわかる。

幼い「私」は、母がカーテンの向こうで何をしているのか理解できていない。だが、何か良からぬものであることを敏感に察知しており、徐々に、それは「**恥ずかしいこと**」なのだと確信していく。

それこそ、母親がどのような仕事をしているのかを、同級生達が知っていて、学校で「**変タイマッサージ**」と呼ばれることもあった。

ちなみに、以前は女性客もいたが、途中から客層が男性ばかりになったということを、後に「私」が振り返っているので、母は仕事内容の詳細を事前には把握しておらず、騙《だま》されるように店の方針に従っているとも推測できる。

この小説の大きな特徴の一つは、語り手が幼く、使える言葉が限定されていることだろう。「私」は、目や耳で捉《とら》えたものを、自分が持つ限られた語彙の中で表現しようとする。純粋で時に剝《む》き出しの言葉は、大人の言葉との差異を生みだす。その二つの異なる視点によって、言葉は幅を持ち、物事を捉える感覚は厚みを増す。一層立体的になるのである。

　言葉は意思を伝える媒介として、利便性を追求され、合理化されてきた。だが、「私」の不完全なはずの語りは、むしろ気付きを促し、流れていくだけの事象と正対する切っ掛けを与えてくれる。

　当事者である語り手の視点と、傍観者としての俯瞰《ふかん》の間で意味が揺らぎ、それが繰り返し積み上げられることで、言葉で立ち上がった世界の純度は高まっていく。

　大人のように語ることができないからこそ、弛緩《しかん》した言葉選びに陥ることなく、緊張を継続したまま、新しい感覚が掘り起こされていく。傍観者を決め込んでいたつもりが、耳元で「私」に囁《ささや》かれ、物語と同じ地平に引きずり込まれるのだ。

　語り手が、子供であればいいということではない。「私」の特異性は、「聞く」という行為に対する特殊な能力にもある。「私」は、耳で世界を見るように音や声を聞いている。カーテン越しの母に絶えず意識を向けていると、音に敏感になるのだろう。「私」は、発音される言葉には、その言葉が持つ意味よりも重要な情報が含まれていることを当然のように知っている。

　一例を挙げると、マッサージ店で、「**学校どうだった？**」と母に聞かれた「私」は、「**やさしい声がさみしい**」と感じる。しばらくして、「**おーい、寝てるの？**」という母の言葉からは、「**今度はお客さん用の声じゃなくて、家にいるときの声だった**」と感じる。言葉の意味よりも声の調子から何かを摑もうとしているのだ。そして、「**私はうれしくてしょうがないのに、そのまま寝たふりをした**」と、あくまでも声の情報の後から、「**おーい、寝てるの?**」という問い掛けへの対応を意識するのである。

言葉が持つ意味以上に、音が感情を伝え得ることは、作者も理解している。いや、理解などという水準ではなく、長年に亘《わた》り、言葉と声の関係を表現の場で実践してきた当事者である。

全編を通して、どの部分を切り取っても、音への意識は徹底して完備されている。むしろ、音のことを忘れて書く方が、大変に感じるのではないか。発声の側面にまで意識が及んでいる言葉は強い。

「**ないの?**」という客の泣きそうな声から、[私]が、大事な物をなくしたと勘違いするのも、言葉遊びで終わっていない。

[私]は、「**ないの?**」と発語する客の感情を読み取った上で、悲しさを含んだ客の声に同情しているのであり、その構図こそが恐ろしいのである。他でもなく、そこから始まる行為が、母を疲弊させていくのだから。

語りも魅力だが、強く印象に残った場面が数多くある。

「私」の担任が母のマッサージ店を訪れ、「私」の感性や想像力を評価しながらも、母には、「**いくらあなたがちょっと遅れているからといって**」などと言葉で責め、その母から性的なサービスを受ける場面には恐怖と憤《いきどお》りを覚えた。すべての教師が児童にとっての模範であり続けることなど不可能だと分かっているつもりだが、教師の立場を取りながら、狡《ずる》く汚く立ち回る教師の言葉が、鼓膜に残り続けた。

また、ハムスターを巡る場面も読んでいて苦しかった。

お金持ちの女子が飼うハムスターのアオちゃんを、「私」は触らせて貰《もら》えず、仲間外れにされる。給食の時間には、杏仁豆腐《あんにんどうふ》にハムスターの糞《ふん》を載せられるという嫌がらせまで受ける。

だが、ある夜に、母がそのハムスターを家に持ち帰り、「**さっきお客さんがくれたんだよ**」と言うのである。翌朝も部屋の片隅に置かれたカゴの中で眠るハムスターを見て、夢ではなかったことを確認して、「私」は登校するのだが、教室ではお金持ちの女子が、「**アオちゃん病気でもうたすからないみたいだから……**」と語っている。

物語の後半でお金持ちの女子の父親が、街にポスターを貼《は》り出している、「**いけやまよしひろ**」であることが明らかになる。

ハムスターは愛玩《あいがん》観賞用として消費され、死の匂《にお》いを漂わせた途端に生きものに当然起こる現象を許されることなく、放棄され、存在すら無かったことにされる。生きものの死に関わりたくない飼い主は、それをマッサージ店で働く顔見知りの従業員に託すわけでもなく、渡すのである。ハムスターに残された命の話は恐らく説明せずに、喜ぶだろうとさえ思って。死を穢《けが》れとして扱い、その穢れがあって然《しか》るべき場所として、マッサージ店で働く［私］の母が選ばれたということだ。無自覚な差別意識ほど怖いものはない。しかも、それが政治家の行為であることが非常に重い現実として圧《の》し掛かる。

休日に母娘《おやこ》で出掛ける道中での、母と［私］の描写も鮮やかだった。券売機の前で困った表情を浮かべる母、切符に穴が空く理由を教えてくれる母、切符の穴から［私］が覗《のぞ》いた世界、車窓から見える真っ黒な壁が怖くても目が離せない心理、切符を失《な》くした不安、その切符を拾ってくれていた母。戸惑う母を認めながらも、母の存在によって得ている安心が伝わって来る。自分の痛みに対しては距離を保ち、客観視する［私］だが、母と過ごす時間は感情が緩んでいるように見えた。

また、「**おい。お前、死ねです**」と言って、グーで肩をぶってくる男子の家に行く場面も忘れられない。学校でペアかグループになり、作文を書く課題を、「**どっちも

お母さんが一人で頑張ってる立派な家の子だし、ちょうどいいからペアになって作文やりなよ」という担任の適当な言葉によって、[私]は男子の家に行く流れになる。

男子の祖父は徘徊《はいかい》症があり、家を出て行ってしまい、男子は母の命令で、祖父を探しに行く。[私]は男子の母と部屋で二人きりの時間を過ごすのだが、この時間の描き方が絶妙だった。

「**れいぞうこから光がこぼれて、部屋のおくに私の家と同じぐらいのびんぼうをみつけた**」

「**せんぷう機の風がヒモをひらひらさせながら、ゴミバコからあふれそうなティッシュのかたまりをひやしてる**」

[私]は、風をもったいないと感じ、扇風機を消すのだが、すると今度は音が気になって、唾《つば》を飲み込むことを躊躇《ため》らう。

男子の母と会話を交わさずに過ぎていく時間が説明に陥らず過不足なく描写されている。

男子と一緒に作文を書くのは不可能だと判断した[私]は男子の家を出るが、その帰り道で、徘徊していた男子の祖父を見つけ、追いかける。

「**私にはどうしても見たいものがあった**」

「私」は、祖父のパンツに手を触れる。そこに男子のお母さんが来てそれを咎《とが》めるのだが、「私」は、「**これ、いらないなら私にちょうだい。ちゃんと大事にするから**」と言うのである。

男子の祖父を自分の家族として迎えたいという欲求が根底にあるのかもしれない。それに、「私」は、銭湯で見た男子の腹の下についているものを知ることで、母と客の行為の実態を知ることができると思ったのだろう。

大人よりも、見えていないもの、分からないことの領分が大きい。その未知こそが、自分と母を隔てているという考えから、「私」は、それらを急速に見えるもの、分かることに変えていこうとしているように感じられる。

物語には大前提として時間の流れがある。

「**私がまだお母さんをママってよんでたころ、お母さんはただの丸い玉だった**」という時期から、感覚だけで摑んでいた丸い玉の輪郭が見えるようになり、お母さんと呼ぶようになったわけだが、そのお母さんをカーテン越しにしか見ることができない、というジレンマが物語には絶えずある。

だが、このカーテンは、この時期の「私」にとって、ある意味において必要なものなのではないかとも思えるのである。少なくとも母の仕事や、母が置かれている立場、扱われ方を直視せずにいるために。

電車に乗って出掛ける母娘には、並んで歩く時間もあったが、「**いつもお店で何やってるの？**」「**変なことしてるでしょ**」と［私］が聞くのは、水色のワンピースを試着するカーテン越しだった。

読み進めていくと、現実に起きていることが持つ意味が二人を苦しめているようにも思えるのである。

男子の祖父を家族にすることが叶《かな》わず、「**私には、もうお母さんしかいない**」と考えた［私］は、雨の中を母の店へと歩く途中で、地面に伸びる母の影を見つける。心配した母が迎えに来てくれたのかもと喜ぶが、それは母ではなく自分の影だった。この場面で［私］は初めて自分の影を意識し、その影を引き連れて母に会いに行く。母の影を追っていた［私］が、自分にも意識を向ける兆《きざ》しがここで描かれる。

物語の終盤、母の店で、［私］は、「**言っていい？**」という声を聞く。その母の問いは何度か繰り返される。

［私］は、カーテンに抱きつき、ずっと探していた母を見つけたと思う。母に抱きつきながら、「**もっと早くこうすればよかった**」と感じる。

［私］が、「**言っていいよ**」と母に言うと、母は子供のように泣きだしてしまう。そ

んな母を［私］は、更に強く抱きしめる。母は普段の役割を捨てて、自分を解放する。この場面が、束《つか》の間《ま》ではあるが母に優しくて、とても好きだった。

［私］は、カーテンの向こうで日々起きている何かだけではなく、母という存在そのものを、理解しようとしている。

物語内の［私］は、母や自分の置かれている状況を常識で測り、価値を定めようとしているわけではない。母を暴《あば》きたいのではなく、受け止め方を知りたかったのだろう。

「元にもどったカーテンが、お母さんの顔の形にぬれてた。私はそれをお母さんだと思って、自分だけすっきりして元にもどるのはずるいよってにらんだ」

その後、いけやまよしひろが来店するが、**「電気が消えても私は平気だった。あの変な音が聞こえてきたって、もうなんとも思わなかった」**と［私］は感じる。母を受け止められたことで飛躍的に成長したのかもしれないし、させられたのかもしれない。

「そのとき私が手を止めたのは、カーテンにもう一つ影をみつけたからだ。すごくうすいけど、よく見ると私のだった」

ようやく［私］は、自分の影を見間違いではなく純粋に発見する。ずっと、母を見ようとしていた意識が、自分にも向けられる。いつも反対側にいた母の影の隣に自分の影がある。

「**私は私を、お母さんにみつけてほしかった**」「**ズルしても、まちがってても、これが私の家族だった**」

客を含めた3人のシルエットを、家族とした［私］は、母と客の気を惹《ひ》くように手で、ひまわりや、かざぐるまの影絵を作る。健気な心に胸を打たれる。

しかし［私］が求めているのは、あくまでも母であり、家族という幻想である。その証拠に、家族を構成する一つの影を作っている、いけやまよしひろ自身のことを、［私］は、「**お客さん**」と認識し続けている。

擬似家族に巻き込まれることを不服とするように不機嫌な息を吐いて帰ろうとした客を、今度は母が捕まえて、大人しくさせる。母も［私］にとって、その時間が重要なものであることを感じ取っている。

その歪《いびつ》な家族を［私］は作文用紙に書き始める。

「**書けば書くほど、私の影がこくなっていった**」

読んでばかりいた［私］が、なにかを書き始めるということは、敏感に周囲の気配を読み取っていた［私］が、自分のことを語り始めたということでもある。

［私］の語りに悲壮感が薄いのは、自分を見つけて貰おうとすることに無自覚だった

からではないか。

この小説の語りは、［私］が書いた作文そのものかもしれないし、それを数年後に書き直したものかもしれない。或《ある》いは、物語の時間軸に沿って［私］の意識を忠実に書いたものかもしれない。特殊ではあるが、文学の語り手や主人公が平均的な人物である必要は一切ない。むしろ特別な個性のために周囲と調和が取れず、生きにくいと感じている者の声こそを拾いたい。

今後、［私］が大人と同様の語彙と情報を獲得し、安易な常識に晒《さら》された時、どのような感情が押し寄せるだろう。そこは、いけやまよしひろや担任が巣食う過酷な世界でもある。それでも、この時期に［私］が得た大切な体験が損なわれることはない。母と影を一つにした時に、繋《つな》いだ手の感触はいつまでも残り続けるだろう。

『母影』は、小説でしか表現できない作品でありながら、言葉や言葉の意味を越え、新たな何かを生みだそうと物語そのものが呼吸する小説である。

（令和五年六月、芸人・作家）

この作品は令和三年一月新潮社より刊行された。

母《おも》影《かげ》

新潮文庫　　お－112－2

令和五年八月一日発行
令和六年十月二十五日三刷

著者　尾《お》崎《ざき》世《せ》界《かい》観《かん》

発行者　佐藤隆信
発行所　株式会社　新潮社
郵便番号　一六二―八七一一
東京都新宿区矢来町七一
電話　編集部(〇三)三二六六―五四四〇
　　　読者係(〇三)三二六六―五一一一
https://www.shinchosha.co.jp
組版／新潮社デジタル編集支援室
価格はカバーに表示してあります。
乱丁・落丁本は、ご面倒ですが小社読者係宛ご送付ください。送料小社負担にてお取替えいたします。

印刷・大日本印刷株式会社　製本・加藤製本株式会社

ISBN978-4-10-104452-1 C0193